Das Schattenmädchen und die Meerestrauben

Erzählungen

Murat Tuncel
Aus dem Türkischen von Şenay Plaßmann

Das Schattenmädchen und die Meerestrauben

Erzählungen

©2021 Murat Tuncel

Aus dem Türkischen von
Şenay Plaßmann, Dr. Phil.
Redigiert von Wilfried Plaßmann

Texianer Verlag, Tuningen, Germany
www.texianer.com

ISBN: 9783949197857

Über den Autor

Murat Tuncel wurde im Jahre 1952 in Kars geboren. Nach einem erfolgreichen Abschluss an der Lehrerakademie in Artvin und der Istanbul Atatürk Eğitim Fakultät für türkische Sprache, arbeitete er als Grundschullehrer und unterrichtete später das Fach Türkisch an einem Gymnasium. 1984 beendete er seine Lehrerlaufbahn und arbeitete fortan für die türkische Tageszeitung *Günaydın*. 1989 wanderte er in die Niederlande aus und arbeitete dort als freischaffender Schriftsteller. Neben seiner schriftstellerischen Tätigkeit unterrichtete er im Auftrag des niederländischen Bildungsministeriums im Rahmen des muttersprachlichen Unterrichts für Migranten Türkisch an Grundschulen sowie türkische Philologie an der Fachhochschule in Rotterdam. Seine Kurzgeschichten und Rezensionen wurden in vielen türkischen Literaturzeitschriften wie etwa *Varlık, Edebiyat Gündemi, Damar, Yaşasın Edebiyat, Kıyı, Karşı Edebiyat, Dönemeç, Türk Dili Dergisi, Güzel Yazılar, Evrensel Kültür, Cumhuriyet Kitap* und *Dünya Kitap* veröffentlicht. Sein erstes Buch erschien 1981, seine Kurzgeschichten wurden in türkischen und holländischen Anthologien veröffentlicht. Darüber hinaus wurden mehrere seiner Werke in holländischer, russischer, arabischer und azerischer Sprache in verschiedenen Universitätszeitschriften publiziert. Seine Romane *Ma-*

viydi Adalet Sarayı sowie *Sahte Umutlar* (*Valse Hoop*) erschienen in niederländischer Sprache (3C Verlag), der letztere wurde auch ins Persische übersetzt (Nashr Publischer). Der Roman *Inanna* wurde ins Arabische (Al taakwin Verlag), Koreanische (Asia Verlag) und Bulgarische (Ednorog Verlag) und Englische (Texianer Verlag) übersetzt. Sein Roman *Üçüncü Ölüm*, der in Persisch (Nashr Pub) und Englisch (Texianer Verlag) erschien, wurde zu einem Drehbuch umgeschrieben. Das Kinderbuch *Süper Kurbağa* wurde ins Repertoire des türkischen Staatstheaters aufgenommen und im Stadttheater von Ankara aufgeführt. Sein Kinderroman *Ressamlar Mahallesi Çocukları* (*Boek Scout Uitgever*) erschien auch im Niederländischen. Seine Kurzgeschichtensammlung *Gölge Kız* wurde ins Russische und Deutsche übersetzt. Murat Tuncel ist Mitglied der türkischen Schriftstellergewerkschaft (TYS), der niederländischen Vereniging von Schrijvers en Vertalers (VVL), der türkischen PEN, sowie des türkischen Verbands für Journalisten und der Avrasya Yazarlar Birliği.

Auszeichnungen:

1979 Jugendliteraturpreis des türkischen Kultusministeriums für die Kurzgeschichte Çerçi
1997 Literaturpreis des niederländischen NOS

Über den Autor

Radios (für Kurzgeschichte) für Cennet de Bitti
1994 Şükrü Gümüş Preis für den Roman Maviydi Adalet Sarayı
1997 Halkevleri Kunst und Kultur-Preis für den Roman Üçüncü Ölüm
2000 Orhan Kemal - Literaturpreis für nicht veröffentliche Kurzgeschichten.

Werke:

Kurzgeschichten:
Dargın Değilim Yaşama (1981)
Mengelez (1983 Servet Verlag)
Güneşsiz Dünya (1987 Çağıltı Verlag, 2012 Altin Bilek Verlag)
Beyoğlu Çığlıkları(1989 Gerçek Sanat, 2007 Altın Bilek Verlag)
Gölge Kız (2002 *Varlık*, 2006 *Varlık*)
Wilma'nın Sandığı (2010 *Varlık*)

Romane:

Maviydi Adalet Sarayı (Pencere Verlag, 1994, Altinbilek Verlag 2006)
Valse Hoop (*Sahte Umut*) niederländisch (Verlagshaus 3C, 2003-2004, Arnheim), als Hörbuch (Liscus Uitgevrij, 2007), türkisch (Altın Bilek Verlag 2007, İstanbul)

Üçüncü Ölüm (Halkevleri Verlag 1997, Pencere Verlagshaus 1998, Altın Bilek Verlag 2007)
Inanna Türkisch (Varlık Verlag, 2006) arabisch (Al taakwin Verlag, Syrien, 2007), Bulgarisch (Ednorog Verlagshaus, 2010), Koreanisch (Asia Verlagshaus, Seul, 2011), Englisch (Texianer Verlag 2021)
Osmanlılar 1/Trakya Güneşi (Istanbul 2011, ALFA)

Memoiren:

Yarımağız Anılar (1996, Pencere Verlag)

Kinder- und Jugendbücher:

Märchen:

Şakacı Masallar (2006, Morpa Verlag, 10 Bände)

Kurzgeschichten:

Tipi (1982, Esin Verlag, 2000-2004; Ceylan Verlag, 2006)
Buluta Binen Uçak (Esin Verlag, 1983)

Romane:

Süper Kurbağa/Roman (1984 Esin Verlag ,1996 Ortadoğu Verlag-Deutschland, 2000 Engin Verlag,

Über den Autor

2004 Morpa Verlag, "Işığın Gizemi")
Ressamlar Mahallesi'nin Çocukları (2011, Morpa Verlag)

Weitere Informationen über den Autor (Autorenregister, Enzyklopädie):

Edebiyatımızda isimler sözlüğü (Behçet Necatigil-Varlık),
Tanzimattan Günümüze Edebiyatçılar Ansiklopedisi (YKY)
Edebiyatçılar antolojısı (Ihsan Işık, Ankara)
Türkiye Gazeteciler Cemiyeti Yıllıkları (İstanbul)

Weblink:

www.edebiyat.nl
www.murattuncel.com.tr
www.texianer.com/our-authors/murat-tuncel/

Inhalt

Mein Augapfel..................13

Das Ende des Paradieses..................25

Der wichtige Brief..................43

Die sommersprossige Tineke und der helläugige Ismail..................49

Der Tod des Stars..................91

Das Schattenmädchen..................105

Şükriye Kireç Ein seltsamer Anruf..................123

Der Frühlingsvogel..................135

Stumme Ängste..................155

Die letzte Geschichte..................179

Diese Geschichten verfasste ich in einem anderen, vom eigentlichen Anatolien weit entfernten Anatolien. Wenn Sie sie gelesen haben, werden Sie sich über viele Dinge wundern und sich selbst viele Fragen stellen.

Zwischen Traum und Wirklichkeit liegt die Enttäuschung.

(Unbekannt)

Mein Augapfel

Jahrelang blieb mir eine Stimme im Gedächtnis, von der ich meinte, sie gehöre ihm. Die Stimme, an die ich mich erinnerte, kam aus der Kehle, breitete sich in der Mundhöhle aus und glitt dann langsam über die Zunge. Zwischen den Zähnen wurde sie immer dünner. Und bevor sie herauskam, ließ sie die dicken Lippen vibrieren. Diese Stimme hatte jedoch nicht im Geringsten Ähnlichkeit mit der, die ich heute hörte. So wie sein Gesicht war also auch seine Stimme aus meiner Erinnerung verschwunden.

Die Blumen kaufte ich vor zwei Tagen. Ich zählte sie einzeln, als ich sie in die Vase steckte. Es waren acht Stück. Die unteren Blätter waren groß und hingen weit auseinander, anders als die oberen, die klein und dicht beieinander waren. Auf den Blättern konnte man alle Grüntöne sehen. Nur waren die Spitzen der unteren, etwas älteren Blätter leicht vergilbt. Schon am ersten Tag verglich ich sie mit meiner Großmutter. Ihr bleiches Gesicht ähnelte diesen alten Blättern. Aber diese Frau, die seit Tagen so still in ihrem Bett lag, sah nicht so aus wie die Großmutter, die ich kannte. In meinem sechsundvierzigjährigen Leben gab es keine Minute, in der Großmutter sich nicht in mein Leben eingemischt hätte. Mit der Zeit wurde sie allerdings ruhiger. Und irgendwann begann sie unter Atemnot zu leiden. Was würde passieren, wenn die verwelkten Blätter ganz abfielen? Ob meine Großmutter dann auch....

An seine Stimme erinnerte ich mich nicht mehr, aber ich konnte nie vergessen, wie er das Wohnzimmer betrat und was er trug. Er mochte es nicht, dass ihm nach Feierabend die Haustür geöffnet wurde. Wenn wir seine Schritte beim Treppensteigen hörten und ihm die Tür aufmachten, wurde er wütend. Angekommen vor dem Haus, öffnete er mit seinem Schlüssel die Außentür, wobei er laut schimpfte. Geräuschvoll ging er ins Haus, schloss die Tür, redete auf dem Flur eine Weile mit sich selbst. Dann ließ er die Tür des Wohnzimmers gegen die Wand knallen, wartete, bis die Tür nochmal gegen die Wand schlug; erst danach betrat er langsam das Wohnzimmer. Die Hemden wurden täglich gewechselt, die hellblauen Jeans und den gleichfarbigen Rundhalspullover hatte er aber immer an. Was sonst nicht gewechselt wurde, waren seine schwarzen Schuhe, die vorne breit waren. Er trug seine Sachen, bis sie ganz alt wurden, zog sie erst dann aus, wenn er neue kaufte. Die neuen Sachen glichen genau den alten: Hellblaue Jeans, Rollkragenpullis und schwarze, vorne breite Schuhe.

Außer dieser Kleidung besaß er noch eine schwarz gestreifte Jacke, die er kaum anzog, aber stets mit sich schleppte. Die Jacke war blau oder grün, allerdings ließ sich die Farbe nicht so gut erkennen, weil sie schmutzig war. Winters wie sommers trug er sie über dem Arm. Hatte er diese Jacke nicht dabei, wurde er unruhig, da er wahrscheinlich Angst hatte sich zu erkälten. Er nannte diese Jacke „mein Augapfel", so wie er mich auch nannte. Mir gefiel es zwar nicht, mit dieser dreckigen Jacke gleichgestellt zu werden, aber ich sagte nichts, damit er sich nicht ärgerte.

Vater und ich gingen einmal Hand in Hand auf einer belebten Straße im Stadtzentrum. Plötzlich stieß mich jemand an. Wie es dazu kam, weiß ich nicht mehr, vielleicht war ich es, die anstieß. Auf jeden Fall stürzte ich gleich darauf zu Boden. Mit einer gewandten Bewegung sprang ich sofort wieder auf. Ich griff nach Vaters Hand, er nahm sie aber nicht, stattdessen schubste er mich kräftig nach hinten. Ich fiel auf den Rücken. Ehe ich mich aufrichten konnte, packte er mich am Kragen, hob mich hoch und schubste mich diesmal nach vorne. Ich fiel auf die Knie. An einem Knie bildete sich eine Schürfwunde. Ich begann laut zu weinen, als ich das Blut sah. Darauf brüllte er mich so an, als wollte er meine Schmerzen weg schreien:

„Kind, bist du denn blind? Warum schaust du nicht nach vorne?"

Um unter den spöttischen Blicken der Schaulustigen nicht mehr leiden zu müssen und von dort wegzukommen, erhob ich mich schleunigst wieder. Nun packte ich seine Hand ganz fest. Meine Hand hielt er nicht, aber erzog seine auch nicht zurück. Das blutende Knie, sein Schubsen und Schimpfen vergaß ich sofort, es tat mir aber sehr weh, dass er meine Hand nicht halten wollte. Das habe ich nie vergessen.

Heute waren die unteren großen Blütenblätter der Blumen ganz vergilbt. Die grünen oben, die darauf gewartet hatten, öffneten sich seitlich, und es kamen orangefarbene Blumen zum Vorschein, die so schön wie die Göttinnen waren, die in den Weinbergen von Irem am Ararat spazierten. Die aufgeblühten, orangefarbenen Blumen rieben sich die Augen, so wie die Kinder, die zum ersten Mal das Licht erblicken. Dann wandten sie ihr Gesicht dem Licht zu und standen still. Mit einem Gefühl der Freude, das ich vorher nie gekannt hatte, bildete sich ein Lächeln auf meinen Lippen, während ich diese schönen orangefarbenen Blumen betrachtete. Meine Großmutter bemerkte mein Lächeln und fragte mit versiegender Stimme: „Du hast mich niemals gemocht, nicht wahr?" Nachdem sie ein paar Mal ein- und ausgeatmet hatte, fuhr sie fort: „Wie könntest du denn so eine

Großmutter mögen, die sich ein Leben lang in all deine Angelegenheiten eingemischt hat und dich mit 40 Jahren auch noch wie ein Kind behandelt?" Nach einem langen Atemzug fuhr sie fort: „Ich habe deine Mutter sehr geliebt, sie war das einzige Geschenk, das mir dein gefallener Großvater hinterlassen hat. Sie ist mir leider aus den Händen geglitten, da ich ihr gegenüber immer zu nachgiebig ihr war. Ich will nicht, dass du so elend und schwach bist wie sie..." Ihr Gesicht wurde blasser, ihre schwachen Lippen konnten den Satz nicht zu Ende bringen. Ihre Hände haltend, näherte ich meine Wange ihrem Gesicht. Ihr Atem, der aus ihren blassen Lippen strömte, wurde immer kälter. Einen Moment lang zitterten ihre Lippen, sie versuchte etwas zu sagen, brachte aber kein Wort heraus, dafür sprachen ihre Augen, aus denen Tränen rannen.

An jenem Tag fühlte ich mich wie ein leerer Sack, als ich mit meinem Vater unterwegs war. Nichts konnte mir Freude machen, keiner seiner Witze konnte mich zum Lachen bringen. Da er meine Hand nicht halten wollte, fühlte sich mein Herz irgendwie leer an. Ich konnte mich ihm nicht wieder annähern. An dem Tag sowie in den Tagen danach spürte ich, wie ich mich vom Vater entfernte. Der Abstand zwischen uns wurde mit der Zeit immer größer. Es machte mich ohnehin sehr traurig, dass er mich so benannte wie seine schmutzige Jacke. Meiner Mutter machte es auch nichts mehr aus, wenn er ihr oft mit seinem Weggehen drohte. Sie sagte ihm manchmal sogar: „Geh doch, die Tür ist offen!" Es war ein Tag, an dem mein Vater nicht zur Arbeit ging, da hatte er wieder Streit mit meiner Mutter. Er nahm seine dreckige Jacke und sagte: „Ich gehe weg!" Dann ging er auch weg.

Nachdem er gegangen war, rührte meine Mutter seine Kleidung tage- und monatelang nicht an. Seine gewaschenen und gebügelten Hemden, Jacken, Schuhe, Handtücher und Schlafanzüge warteten im Schrank auf ihn. Meine Mutter sah erst nach Jahren ein, dass er nicht zurückkommen würde. Hätte sie es doch nicht eingesehen! An dem Tag, wo sie die Wahrheit erkannt hatte, begann sie damit sich zu betrinken. Oft unterhielt sie sich mit der Kleidung meines Vaters, während sie ihre Gläser leerte. Wenn sie sehr betrunken war, kam sie zu mir, umarmte mich und weinte. Manchmal weinte ich mit ihr, aber manchmal hatte ich auch Angst. Vor Angst saß ich bewegungslos da, bis ich ihren Alkoholgeruch nicht mehr ertrug. Wenn mir alles zu viel wurde, war sie immerhin eingeschlafen. Da sie viel schwerer war als ich, hatte ich nicht die Kraft sie zu ihrem Bett zu tragen. Ich hielt ihren Arm und führte sie mit tausend Bitten und Flehen zu ihrem Bett. Wenn sie im Bett war, zog ich nur ihre Schuhe aus und deckte sie vorsichtig zu. Auf den Nachttisch mit dem kaputten Bein stellte ich ein gefülltes Kelchglas.

In den Tagen, wo ich die Veränderungen in meinem Körper zu spüren begann, bekam ich große Angst. Ich war sehr wütend über meine Mutter und dachte sogar daran, mich von ihr zu befreien, weil sie mir an diesen schweren Tagen nicht zu helfen vermochte. Ich hatte verschiedene Fluchtpläne geschmiedet, aber keinen davon umgesetzt. Denn ich war nicht stark genug, um ohne sie leben zu können.

Damals hatte Großmutter das Wort in unserem Haus. Sie wohnte zwar nicht bei uns, aber sie kam öfter, um uns zu kontrollieren. Einmal die Woche machte sie unseren Einkauf. Wenn wir einkaufen waren, war Großmutter guter Laune. Sie unterhielt sich mit Leuten, denen sie unterwegs begegnete. Sobald sie aber unser Wohnzimmer betrat, veränderte sich ihre Stimmung, sie begann mit meiner Mutter zu schimpfen, beleidigte sie sogar mit den schlimmsten Worten, manchmal richtete sich ihre Wut auch gegen mich. Sie schaute in die Augen meiner Mutter, die voller Angst in einer Ecke kauerte, und sagte ohne Erbarmen:

„Ich wünschte, ich hätte dich nicht geboren!"

Wann sie kommen würde, konnten wir vorher nicht einschätzen. An manchen Tagen erwischte sie uns beim Schlafen. Und da brach die Hölle aus! „Nachts könnt ihr schlafen und faulenzen, aber tagsüber muss man arbeiten und leben. Der liebe Gott hat doch die Nacht zum Schlafen und den Tag zum Leben geschaffen. Wenn euch der Tod in dieser Trägheit erwischt, werdet ihr kaum die Zeit haben, um Gott um Vergebung für eure Sünden zu bitten. Ihr seid beide so faul!" Dann wandte sie sich an mich und sagte, Gott würde mich auch bestrafen, da ich so faul wie meine Mutter sei.

Während Oma ihre giftigen Worte über mich ergoss, flüchtete meine Mutter in ihr Zimmer. Sobald sie ihre Tür abschloss, veränderte sich Oma wieder und besänftigte ihre Stimme, so gut es ging. Dann flehte sie mich an: „Hör mal gut zu, meine Kleine. Bitte sei nicht so wie deine Mutter, halt dich fern vom Alkohol! Geh nicht in fremde Häuser! Und glaub bitte nicht alles, was deine Freunde sagen. Ich bitte dich darum."

Wenn ihre Wut nachließ, setzte sie sich auf das Sofa und rief mich an ihre Seite. Wenn ich mich dann zu ihr setzte, schaute sie mir ins Gesicht und streichelte eine ganze Weile mein weiches glattes Haar, ohne etwas zu sagen. Sie wischte ihre Augen, dann sprach sie mit einem Ton, der in meinen Ohren wie das schönste Lied auf der Welt klang: „Deine Haare sind genauso weich wie meine. Weiche Haare muss man sauber halten, sonst fallen sie schnell aus." Bevor sie sich aufrichtete, warnte sie noch: „Steh bitte am Sonntag früh auf, damit wir nicht zu spät in die Kirche kommen."

Sobald sie aufstand, ging sie als erstes zum Lebensmittelschrank, um nachzusehen. Während sie in den Schrank schaute, rechnete sie etwas in ihrem Kopf. Dann sagte sie zu mir, ich solle die Schuhe anziehen. Wir gingen in den neu eröffneten großen Laden, wo die unterschiedlichsten Lebensmittel angeboten wurden, kauften dort ein und kamen wieder zurück nach Hause.

Unsere Wohnung war sehr klein. Sie hatte zwei Schlafzimmer und ein Wohnzimmer. In unsere Schlafzimmer passten nur unsere Betten. Außer unserer kleinen Küche war noch eine enge Toilette. Ein Bad hatten wir nicht. Wir wuschen uns das Gesicht in der Küche. Einmal in der Woche gingen wir zum öffentlichen Bad in unserem Viertel. Es ging so lange, bis Großmutter meine Brüste bemerkte. Von da an ging ich jede Woche zu ihr, um mich in ihrem Bad zu waschen.

Nach der Schule sah ich meine Mutter immer mitten in unserem Wohnzimmer bewegungslos liegen. Ich beugte mich über sie, näherte mein Gesicht ihrem und wartete so lange, bis ich sicher war, dass sie atmete. Ich war froh, wenn ich ihren Atem fühlte, allerdings kümmerte ich mich dann nicht mehr um sie. Für mich war es nämlich genug zu wissen, dass sie am Leben war. An ihren Tod hatte ich zwar schon öfter gedacht, aber ich habe niemals gewollt, dass sie stirbt. Das Leben dieser Frau, die mir jeden Tag immer mehr zur Last fiel und deren Worte ich manchmal kaum verstand, verlieh mir irgendwie Kraft. Solange sie atmete, fühlte ich mich sicher, ihr Dasein spornte mich zum Erfolg an. Obwohl ich mit meinen Mitschülern kaum mithalten konnte, wie sehr ich mich auch anstrengte, gab ich den Kampf nicht auf. Einerseits wollte ich nicht, dass meine Mutter stirbt, andererseits war mir aber bewusst, dass sie mich eines Tages so allein zurücklassen würde. Tatsächlich passierte das auch. Als ich eines Tages nach der Schule unser Wohnzimmer betrat und meine Mutter dort nicht fand, begann ich laut zu weinen:

„Maaam!"

Keiner antwortete mir. Ich eilte in ihr Schlafzimmer. Sie lag im Bett. Ich beugte mich, legte meine Wange an ihre und wartete auf ihren Atem. Sie atmete aber nicht, ihre Wange fühlte sich kalt an. An dem Tag, an dem meine Mutter beerdigt wurde, zog ich mit meinem Hab und Gut, das nur in ein paar Koffer passte, in das Haus meiner Großmutter.

Die grünen Blätter an den Blüten vergilbten alle.

Sobald das erste Blatt der orangefarbenen Blüten fiel, folgten ihm alle anderen. Die Blätter an den Enden der kahlen Stängel schrumpften zuerst, dann fielen sie auch nacheinander in die Vase.

Mein Augapfel

Während Großmutter die Blumen in der Vase betrachtete, setzte ihre Atmung immer wieder aus, dann erstarrte ihr Blick und heftete sich auf meine still fließenden Tränen. Der Klang der Friedhofsglocke, die zunächst meine Mutter begleitete, die so fügsam war wie die Venus, später meine Großmutter, den Faunus[1] in weiblicher Gestalt, beschäftigte mich jahrelang. Manchmal, wenn ich Glocken läuten höre, schließe ich die Augen und denke an meine Mutter und Großmutter, um meine Einsamkeit zu lindern. Als ich heute Morgen wieder mit geschlossen Augen da saß und grübelte, klingelte das Telefon. Ich hielt den Hörer an mein Ohr und sagte:

„Guten Tag, hier ist Saskia van der Zuster."

Eine abgrundtiefe Stimme sprach:

„Ich weiß, ich weiß, mein Augapfel."

Seine Stimme konnte ich nicht erkennen.

„Mit wem spreche ich, bitte?", fragte ich.

„Du hast Recht, mein Augapfel, es sind heute dreiunddreißig Jahre her, dass ich von zu Hause weggezogen bin", sagte dieselbe tiefe Stimme.

„Als du gegangen bist, war ich noch keine dreizehn, Vater. Und seit Mutter und Großmutter mich verlassen haben, gewöhnte ich mich an die Einsamkeit."

---

[1] Myth. auch Pan

Das Ende des Paradieses

Sobald unser Flugzeug durch die Wolken tauchte, brannte sich das unendliche Grün in meine Augen. Das Wasser war so grün wie die Bäume. Eine Weile betrachtete ich die Landschaft unten und sagte mir dann: „Guck dir mal das Paradies an!" Auf einmal spürte ich eine Wärme in meiner Brust. Ich dachte, meine Brust sei aufgerissen und das Blut würde herausfließen. Ich war ergriffen. Überwältigt von meinen Gefühlen, steckte ich meine Hand unter meine Weste. Dann lachte ich selbst über meine absurde Geste. Ich senkte meinen Blick erneut zur Erde. Celil müsste nun dort auf mich warten. „Hey Celil, mein Sandkastenfreund! Du hast mir einen großen Gefallen getan, das werde ich niemals vergessen", sagte ich im Stillen, als stünde er mir gegenüber.

Als die Maschine am Flughafen Schiphol landete, wurde ich etwas nervös. Weil ich die Sprache nicht kannte, bat ich die Leute neben mir, mich bei den Kontrollen zu unterstützen. „In Ordnung", sagten sie, aber sie ließen mich schon bei der ersten Kontrolle allein. Ich eilte ihnen nach, holte sie ein und sagte wieder: „Leute, ich komme zum ersten Mal hierher, bitte helft mir!" Einer versprach halbherzig seine Hilfe. Ein paar von ihnen schauten mich kurz an und gingen, mit einem Grinsen im Mundwinkel, zügig weiter.

Dass ich bei der zweiten Kontrolle auch alleine da stand und der Polizist mein Passfoto lange musterte, war mir sehr unangenehm. Dabei war ich an dem Tag, als das Foto geschossen wurde, erst ins türkische Bad gegangen, dann zum Friseur und hatte mich rasieren lassen, um ein schönes Bild zu bekommen. Eigentlich hatte ich Zeit. Mir würde das Warten nichts ausmachen, wenn Celil nicht draußen stehen würde. Der arme Mann hatte sicher seine Arbeit liegen gelassen, um mich vom Flughafen abzuholen.

Vielleicht hatten die Kontrollen gar nicht so lange gedauert, aber mir kam es vor, als wären Jahre vergangen. Ich war am ganzen Körper schweißgebadet, als ich an der Gepäckausgabe ankam. Sobald ich meinen Koffer vom Gepäckband herunternahm, begab ich mich zum Ausgang. Ich dachte, ich käme dann direkt ins Freie, an die frische Luft, aber ich fand mich in einer großen Halle wieder. Nie im Leben hatte ich so eine riesige Halle gesehen. Irgendwie bekam ich Ohrensausen. Ob das an der Größe des Raumes lag, oder weil ich so lange im Flugzeug gesessen hatte, wusste ich nicht. Mir wurde schwarz vor Augen. Ich suchte nach einem Platz, wo ich mich hin hocken und meinen Rücken anlehnen könnte. Da war aber nichts. Als ich mich dann mit Mühe durch die Menge der Wartenden drängelte, schaute ich mich um, ob Celil auch dabei war. Ich konnte ihn jedoch nicht entdecken. Ich ging an den wartenden Menschen vorbei, blieb an einer ruhigen Ecke stehen und drehte mich um, um noch einmal nach Celil zu schauen. Unter den Umherstehenden war weder Celil noch ein ähnlich aussehender Mann zu sehen. Mich überkam die Angst. Ich machte mir Sorgen um Celil, vielleicht hatte er ja auf dem Weg zum Flughafen einen Unfall. Der Gedanke versetzte mich in Schrecken. Für ein paar Sekunden hatte ich das Gefühl, ins Leere zu stürzen. Um dieses Gefühl abzuschütteln, murmelte ich vor mich hin: „Vielleicht hat er vergessen, dass er mich abholen wollte." Diesmal packte mich eine recht große Angst. Ich war entsetzt von meinen eigenen Gedanken. Meine Lippen begannen zu zittern. Ich zündete mir eine Zigarette an. Als ich ein paar Male nacheinander an meiner Zigarette gezogen hatte, entspannte ich mich einigermaßen. Dann dachte ich: „Nein doch, er wird es sicherlich nicht vergessen haben. Allerdings passiert es einem öfter mal, dass etwas dazwischenkommt. Er sagte doch, er würde kommen, egal was passiere." Eine Weile stand ich unschlüssig. Plötzlich machte es „Klick" in meinem Kopf! Ich begann gleich nach einem Telefon zu suchen. Nachdem ich einige Zeit hin und her ging, entdeckte ich endlich die Telefone. Als ich mich dorthin wandte, bekam ich wieder weiche Knie. Wie sollte ich denn telefonieren? Ich hatte weder Kleingeld noch die geringste Ahnung, wie man mit solchen Telefonen umgeht. Hätte ich ihn doch gestern Abend am Telefon gefragt, wie die Telefone hier funktionieren. Aber wie hätte ich wissen können, dass mir so etwas passieren würde. Übrigens hatte er mir ja mindestens zehn Mal versichert, dass er mich vom Flughafen abholen würde.

Alle, die aus unserem Flugzeug ausgestiegen waren und diejenigen, die sie abholten, waren bereits weggegangen. Vor dem Ausgang wartete ich noch eine Weile. Ich sah aber bald ein, dass das Warten keinen Sinn hatte. Aus meiner Tasche holte ich einen 100-Gulden-Schein und zeigte ihn den Passanten, indem ich versuchte, sie mit Gestik und Mimik zu fragen, ob sie ihn mir wechseln könnten. Manche lachten und eilten vorbei, einige versuchten zu erklären, dass sie es nicht konnten. Ab und zu fragte ich auch auf Türkisch, ob mir jemand den Schein wechseln könnte. Eine Zeitlang spielte ich dieses seltsame Spiel, bis ich jemanden sah, der auf mich zukam und von dem ich dachte, er sei ein Türke. Ich reichte ihm hastig den Schein und fragte: „Kannst du mir bitte den Schein wechseln, Landsmann?" Nachdem er lange in seinen Taschen durchwühlte, sagte er, er würde sehr gerne, aber ihm fehlten noch zehn Gulden. Ich sagte: „Das ist doch überhaupt nicht wichtig, was sind denn 10 Gulden wert? Hauptsache, die Sache wird erledigt." Schmunzelnd sagte er: „Wahrscheinlich vergleichst du es mit unserem Geld!" Ich fragte ihn noch, wo Telefonmünzen verkauft würden. „Zum Telefonieren brauchst du hier keine Münze. Schmeiß Kleingeld rein, dann funktioniert es." Ich bat ihn darum, mir beim Telefonieren zu helfen. Das war ihm nicht recht. Er verzog sein Gesicht. Er schaute auf seine Uhr und sagte, er hätte etwas zu erledigen und entfernte sich mit schnellen Schritten von der Stelle. Als ich meinen Koffer nahm und mich zu den Telefonen am anderen Ende der Halle begab, dachte ich mir: „Was soll denn der Unterschied zwischen unseren Telefonen und diesen hier sein? Wenn sie mit Kleingeld funktionieren, müsste es auf jeden Fall einfacher gehen." Etwas unsicher ging ich an einen Apparat. Ich öffnete mein Notizbuch und fand die Telefonnummer, die mir Celil diktiert hatte. Ich warf einen Gulden in das Loch und wählte alle Ziffern nacheinander, die Celil mich schreiben ließ. Aber schon beim Wählen der dritten Ziffer hörte ich das Signal, Klinge-klinge-ling! Kein Anschluss unter dieser Nummer. Ich dachte, ich hätte falsch gewählt und versuchte es erneut. Nach der dritten Ziffer kam wieder dasselbe Signal. Nach mehrmaligem Versuch gab ich auf zu telefonieren. Ich ging noch einmal durch die Halle, in der Hoffnung Celil zu treffen. Es waren lange Säle, die so aussahen, als würden sie ineinandergreifen. Ich trat von einem Saal in den anderen, da fiel mir plötzlich auf, dass ich mich vom Ausgang ziemlich weit entfernt hatte. Irgendwie hatte man hier das Gefühl, man würde sich dauernd am selben Ort bewegen.

Eine Zeitlang suchte ich nach der Tür, aus der ich herausgekommen war, fand sie aber nicht wieder. Ich wurde nervös, geriet in Panik, mich schon wieder zu verlaufen, ging dennoch weiter. Irgendwann führte mich der Weg zurück zu den Telefonen. Ich stellte meinen Koffer zwischen die Beine. Aus meiner Tasche holte ich etwas Kleingeld und warf es durch das Loch, das ich bereits entdeckt hatte. Den Hörer in einer Hand haltend, wählte ich mit der anderen Hand die Nummer. Wieder das gleiche Warnsignal nach der dritten Ziffer. Klinge-klinge-ling! Ich versuchte es erneut, dann mehrmals. Meine Handflächen waren vor Nervosität verschwitzt. Nach einer Weile drehte ich mich um. O Gott! Hinter mir hatte sich eine lange Schlange von wartenden Menschen gebildet. Es wurde mir so peinlich, dass ich aus Verlegenheit noch mehr schwitzte. Beinahe hätte ich verzichtet zu telefonieren, da kam eine blonde Frau auf mich zu, die am Anfang der Schlange stand. Sie sagte mir etwas, was ich natürlich nicht verstand. Allerdings streckte ich ihr mein Notizbuch entgegen und zeigte ihr die Telefonnummer von Celil. Sie nahm es und schaute sich die Nummer genau an. Nach einer Denkpause begann sie die Nummer zu wählen, legte den Hörer ans Ohr. Sobald sie die Stimme von der anderen Seite hörte, lächelte sie und reichte mir den Hörer.

Die Stimme von Zeynep erkannte ich sofort. „Schwester Zeynep, ich bin am Apparat!", sagte ich. Wahrscheinlich erkannte sie mich nicht und fragte: „Wer bist du denn?" „Ich bin es, Veli, Veli!", brüllte ich hastig ins Telefon. Nach leichtem Seufzen sagte sie: „Ich sag Celil Bescheid." Celil war also zu Hause. Es musste aber etwas ganz Schlimmes passiert sein, dass er nicht kommen konnte mich abzuholen. Wieso hätte er sonst nicht kommen können? Vielleicht war ihm meinetwegen etwas zugestoßen. In dieser kurzen Zeit gingen mir Dutzende schlimme Sachen durch den Kopf. Als ich langsam Schuldgefühle bekam, hörte ich Celils sanfte Stimme am Apparat. „Steig einfach in den Zug und komm!", sagte er in einem gelassenen Ton. Bevor ich fragen konnte, warum er nicht kam, fügte er nach ein paar Atemzügen hinzu: „Du kaufst oben deinen Fahrschein, dann gehst du nach unten. Dort nimmst du einen der Züge, die nach Den Haag fahren. Ich warte bei Hollands Spoor auf dich", und dann legte er auf. Das meiste, was er mir sagte, hatte ich schon vergessen, als ich den Hörer wieder auflegte. Was ich noch im Sinn hatte, war, dass ich den Zug nehmen sollte. Ich nahm meinen Koffer, der zwischen meinen Beinen stand, und schaute nach einem Fahrkartenschalter, den ich letztendlich auch fand. Ich zeigte dem Mann am Schalter die Adresse in meinem Notizbuch vor und bekam einen Fahrschein. Danach suchte ich den Bahnhof. Als ich meinen Koffer auf den Boden stellte und mich umsah, wurde mir seltsamerweise traurig zumute. Hunderte Menschen gingen an mir vorbei, aber ich konnte niemanden fragen, wie ich zum Bahnhof käme. Niedergeschlagen holte ich eine Zigarette aus der Packung. Schon nach einem Zug kam ein stämmiger Mann in Uniform auf mich zu. Er sah verärgert aus. Den Zeigefinger rechts und links schwingend sagte er einige Male, „no smoking." Ich begriff nicht, warum der Mann so zornig war und was er mir sagen wollte. Darauf reichte er mir die Hand und nahm mir die Zigarette von der Hand ab. Das grobe Verhalten des Mannes machte mir große Angst, zugleich war es mir auch peinlich. Ob es an meinem üblen Gefühl oder an der schwierigen Lage lag, in der ich mich befand, weiß ich nicht, aber in dem Moment kamen mir blitzartig Celils Worte wieder in den Sinn: „Du kaufst oben deinen Fahrschein, dann gehst du nach unten." Aber wo war oben und wo war unten? Während ich mich lange mit ermüdeten Augen umsah, fiel mir mein Fahrschein auf, den ich noch in der Hand hielt. Hastig zeigte ich ihn einem Passanten. Er sah zwar nicht so aus wie ein Landsmann, aber sobald er begann Türkisch zu reden, fiel ich ihm in die Arme. Während er mich zurückdrängte, sagte er: „In Holland ist es nicht üblich, dass Männer sich umarmen, man versteht es falsch." Was er damit meinte, begriff ich nicht. Aber ich machte mir nichts daraus. Ich zeigte ihm Celils Adresse in meinem Notizbuch und fragte ihn, wo die Züge halten würden, die dorthin fahren. Er war ein guter Mensch, er begleitete mich bis zum Gleis, wo der Zug hielt, den ich nehmen sollte. Netterweise schrieb er auch unter die Adresse von Celil den Ort, an dem ich aussteigen musste. In der Tat war das sehr hilfreich, denn mit dem Zug, in dem ich saß, hätte ich bis Paris fahren können.

Als der Zug an Hollands Spoor anhielt, stand zufälligerweise der Schaffner neben mir. Er half mir beim Aussteigen mit dem Koffer. Ich sah mich um, Celil war wieder nicht da. Dass er nicht so weit bis zum Flughafen fahren konnte, um mich abzuholen, konnte ich nachvollziehen, aber hier? Was war denn hier los? Es muss ihm etwas zugestoßen sein, dachte ich, denn er hatte versichert, dass er unter allen Umständen kommen würde. Nachdem ich eine Weile auf dem Bahnsteig und dann in der kleinen Halle unten gewartet hatte, entschloss ich mich, ihn noch einmal anzurufen. Der Ort war ziemlich klein, daher fiel es mir nicht schwer ein Telefon zu finden. Als ich bei den Apparaten war, merkte ich enttäuscht, dass keins davon mit Münze funktionierte. Ich sah den Menschen zu, wie sie eine Karte einsteckten und sprachen. Wo sollte ich nun diese Karte herbekommen? Während ich grübelte, wie ich an eine Telefonkarte komme, hörte ich einen der Anrufer auf Türkisch sprechen. „Wenn die Not am größten, dann ist Gottes Hilfe am nächsten", murmelte ich vor mich und näherte mich dem Mann, der Türkisch sprach. Sobald er sein Gespräch beendete, packte ich ihn an der Jacke. Als er merkte, dass ich seine Jacke zog, drehte er sich um. Ich sagte, ich sei neu hier und würde gern telefonieren. „Hast du eine Karte?", fragte er. Ich sagte, nein. „Du solltest eine kaufen", sagte er und wollte weggehen. Ich packte ihn wieder an der Jacke und sagte: „Bruder, ich weiß doch nicht, wo und wie ich eine Karte besorgen kann." Er reichte mir die Hand und sagte. „Gib mir Geld, ich mach das für dich." „Wie viel?", fragte ich. „Fünf, zehn, fünfzehn, wie viel du möchtest", sagte er mürrisch. Ich gab ihm einen 10-Gulden-Schein. Er ging an den Schalter, wo auch Fahrscheine verkauft wurden, und holte mir eine Telefonkarte. Er steckte die Karte in den Apparat und wählte die Telefonnummer in meinem Notizbuch. Ohne zu warten, reichte er mir dann den Hörer. Während ich auf die Stimme des Empfängers wartete, entfernte er sich rasch. Ich folgte noch seinen hastigen Schritten, als ich Zeyneps Stimme am Apparat hörte: „Hallo!" Sobald ich ihren Namen aussprach, sagte sie: „Ich rufe gleich Celil." Ich konnte nicht fassen, was passierte. Warum verhielt sich denn Celil so seltsam? Wenn er nicht wollte, dass ich komme, hätte er sich auch keine Mühe gemacht, um mir eine Einladung zu schicken. Als ich in Gedanken versunken den Hörer am Ohr hielt und wartete, hörte ich Celil sprechen: „Nimm ein Taxi und komm. Wenn du dem Fahrer die Adresse zeigst, bringt er dich bis vor die Tür", sagte er und legte sofort auf.

Am Taxistand vor dem Bahnhof stieg ich in ein Taxi ein. Mein Notizbuch gab ich dem Fahrer und zeigte ihm die Adresse von Celil. Der Fahrer konnte meine Handschrift nicht so gut lesen, aber er war ein netter Kerl, er brachte mich sogar bis zur Haustür.

Nachdem ich die Nummer an der Tür, mit der in der Adresse verglichen hatte, drückte ich auf die Klingel. Zeynep öffnete die Tür. Als ich sie sah, freute ich mich so sehr, als wäre ich aus dem Weltall auf die Erde zurückgekehrt. Ich konnte mir Celils Glück, mich wiederzusehen, kaum vorstellen. Vielleicht würde er mich umarmen und sagen: „Mein lieber Cousin, es tut mir leid, dass ich nicht zum Flughafen kommen und dich abholen konnte." Er konnte zwar nicht zum Flughafen fahren, aber was hinderte ihn denn daran, zu diesem nahegelegenen Ort kommen zu können? Er hatte doch ein brandneues Auto, die Fahrt würde schließlich nur ein paar Minuten dauern. Wir stiegen die Treppen hoch und kamen ins Wohnzimmer. Celil war nicht da. Die Kinder saßen im Halbkreis auf einem alten Teppich und sahen fern. „Herzlich willkommen!", sagte Zeynep halbherzig und setzte sich dann zu den Kindern. Während ich an die schrecklichen Dinge dachte, die mir seit meiner Ankunft am Flughafen durch den Kopf gingen, setzte ich mich in einen der alten und schmutzigen Sessel. Mit schwacher, verzweifelter Stimme, die nicht mir zu gehören schien, fragte ich Zeynep: „Ist Celil irgendwo hin gegangen?" Ich hatte Angst zu fragen, ob etwas Schlimmes passiert war. Zeynep zeigte mit einer Kopfbewegung auf die Tür eines Zimmers:

„Da liegt er, er ist erst heute früh nach Hause gekommen", sagte sie mit zorniger, mürrischer Stimme.

„Hat er denn nachts gearbeitet?", fragte ich.

Sie ließ die Frage unbeantwortet. Zuerst richtete sie ihren Blick zu Boden, dann wieder zum Fernseher. Diese Zeynep hatte nichts mehr gemeinsam mit der Frau, die im Urlaub so stolz und arrogant durch das Dorf spazierte. Und die Kinder, die gerade den Film mit den Enten ansahen, wirkten mit ihren blassen Gesichtern ziemlich elend. Als ich mich fragte, ob ich den Kindern die Plätzchen geben sollte, die Zehra gebacken hatte, stand Zeynep wütend auf und machte die Tür auf, auf die sie gerade mit dem Kopf gezeigt hatte.

„Jetzt reicht es aber! Es soll dein letzter Schlaf sein. Die Kinder werden bald verhungern", rief sie laut. Dass ich gekommen bin, erwähnte sie gar nicht.

Es war mir so peinlich! Selbst im Dorf reden wir nicht so miteinander. Was waren die denn für Städter geworden? Während ich verlegen zu Boden guckte, öffnete Celil die Tür, die Zeynep zugeknallt hatte, und betrat das Wohnzimmer. Ich stand auf und ging mit offenen Armen auf ihn zu, um ihn zu umarmen, aber er streckte von weitem die Hand entgegen.

„Willkommen", murmelte er teilnahmslos. Nach etwas suchend wandte er sich wieder zu seinem Zimmer. Mein Herz war gebrochen, es schlug mir auf den Magen. Eine Minute wurde mir dunkel vor Augen. Langsam setzte ich mich wieder in den alten Sessel. Etwas später kam Celil, das Oberteil seines Schlafanzugs ausgezogen, mit einer Zigarette in der Hand zurück. Ich zündete mir auch eine Zigarette an. Celil nahm mir die Zigarettenschachtel ab. Nachdem er das Päckchen einige Male in der Hand gedreht hatte, nahm er eine Zigarette heraus und schnupperte eine Weile daran. „Ach, was gibt es denn Besseres als die Heimat? Selbst der Geruch unserer Zigaretten ist ganz anders. Weißt du Cousin, sogar dieses Gift vermissen wir hier", sagte er mit heiserer Stimme. Ihn verblüfft anstarrend, fragte ich: „Gibt es denn hier keine Zigaretten?". Den Mundwinkel nach unten gezogen, antwortete er: „Natürlich gibt es hier welche, die haben aber nicht denselben Geschmack wie die aus der Heimat." Darauf sagte ich: „Bei uns schwärmen aber alle von ausländischen Zigaretten. Diese habe ich auch am Flughafen gekauft, da ich dachte, sie wären ausländisch." Die Unterlippe vorgeschoben, wandte er ein: „Cousin, du hast keine Ahnung, was hier alles vorgeht und welche Spiele gespielt werden. Was sie am Flughafen als ausländische Zigaretten verkaufen, wird aus dem Tabak hergestellt, der aus unserem Land kommt. Deshalb schmecken sie ja auch wie die aus unserer Heimat. Aber was sie hierzulande als Zigaretten verkaufen, hat kaum Geschmack und enthält chemische Substanzen." Dann zwinkerte er mit einem Auge. Was er mir erzählen wollte, begriff ich nicht ganz. Während ich ihm mit einfältigen Augen ins Gesicht schaute, sprang Zeynep plötzlich hoch und

sagte zu Celil:
„Jetzt hast du aber genug gequasselt, steh auf und geh zum Lebensmittelladen! Wir haben nichts mehr im Haus. Alles, was wir hatten, haben die Kinder heute Morgen aufgegessen." Celil ignorierte sie und redete weiter. Zeynep gab aber nicht auf, wiederholte beharrlich ihren Wunsch, diesmal lauter. Darauf schwenkte Celil seine Hand wie einen Scheibenwischer, womit er bedeutete, es sei eine anstrengende Sache.
„Also, wer soll denn jetzt auf die Bank gehen?"
Als ich sah, dass es ihm schwerfiel, mischte ich mich ein:
„Wenn Geld nötig ist, kann ich ja auch etwas geben."
Celil lachte von einem Ohr zum anderen, sagte alle Zähne zeigend:
„Huh! Sei gesegnet, Cousin. Du hast mich vor dem unerträglichen Geplapper dieses Weibes gerettet. Eigentlich ist es nicht meine Art, weißt du, Geld von einem Gast zu nehmen, aber heute überkam mich irgendwie die Faulheit. Leih mir bitte etwas Geld, wenn du genug hast. Wenn ich rausfahre, hole ich Geld von der Bank und gebe es dir zurück." Ich nahm das ganze niederländische Wechselgeld aus meiner Geldbörse heraus und gab es ihnen. Dann dachte ich, es sei vielleicht nicht genug und reichte Zeynep noch einen 50-Mark-Schein. Celil streckte die Hand aus und

nahm seiner Frau den 50-Mark-Schein vor meinen Augen weg. Dann setzte er seine Rede in aller Ruhe fort, als wäre nichts passiert.
Wir unterhielten uns lange über bedeutungslose Dinge, tranken den Tee, den Zeynep servierte. Zum Schluss sagte Celil:
„Cousin, lass uns jetzt eine Pension für dich finden, wo du dich aufhalten kannst." Nach einer kurzen Pause fügte er hinzu: „Danach gehen wir auf die Jobsuche. Wenn das auch erledigt ist, suchen wir eine Blondine für dich. Die Sache mit dem Aufenthalt löst sich dann von selbst."
Als ich das Wort „Blondine" hörte, geriet ich in Verlegenheit. Mit geröteten Wangen senkte ich meinen Blick zu Boden und sagte:
„Celil, mein Cousin, diese Gefälligkeiten werde ich dir sicherlich eines Tages zurückzahlen." Sobald Celil sich umgezogen hatte, gingen wir raus. Nach einem langen Spaziergang gingen wir an einem Café vorbei. Da sagte er: „Cousin, lass uns da Tee trinken!" Wir gingen rein. Und dann gingen wir wieder und wieder rein! Vierzehn Tage lang, bis in die späte Nacht, hockten wir in diesem Café. Als mein gesamtes Geld ausgegeben war, bettelte ich um einen Job in einer Bäckerei. Ich arbeitete täglich 16 Stunden und schlief den Rest des Tages, zusammengekrümmt wie eine Katze, auf den Mehlsäcken. Am Wochenende kam Celil und nahm mir die Hälfte meines Loh-

nes ab. Als er zum letzten Mal kam, hatte ich meinen Wochenlohn noch nicht bekommen. Ich sagte ihm, ich würde ihm das Geld geben, sobald ich meinen Lohn bekommen hätte. Er glaubte es mir nicht. Ich habe es dann aber ehrlich bereut! Hätte ich einen Kredit besorgt, so hätte er mich sicher nicht bei der Polizei angezeigt...

NOS-Radio 5

„1997 Türkse Redaksie" - Literaturpreis
(für Kurzgeschichte)

Der wichtige Brief

Sein brauner Mantel sowie sein beigefarbenes Jackett waren aufgeknöpft, ein paar Knöpfe seines schwarzen Seidenhemds waren auch offen. Er stand mitten auf dem Bürgersteig. Wie ein Falke starrte er die Passanten an. In seinem Blick war zwar die Macht eines in der Luft schwebenden, mächtigen Raubvogels erkennbar, aber er verriet zugleich die Hilflosigkeit eines Spatzen kurz vor dem Sterben. Während er hektisch einen Umschlag zwischen den Fingern drehte, bemerkte er mich. Eine kurze Zeit zögerte er. Als ich dann an ihm vorbeiging, machte er einen halben Schritt auf mich zu. Ich ging langsamer, weil ich dachte, er würde mir etwas sagen. Er sagte aber nichts und trat zwei Schritte zurück. Nach ein paar Schritten wandte ich meinen Kopf leicht zu ihm und schaute ihn an. Er musterte mich. Jetzt drehte ich mich ganz um. Beinahe hätte ich ihn gefragt: „Kann ich helfen?" Aber dann dachte ich, er hätte ja bereits gefragt, wenn er etwas wollte. So ging ich weiter auf meinem Weg.

Während ich mir beim Weitergehen die rauen Oberflächen der bunten Pflastersteine auf dem

Bürgersteig betrachtete, die regelmäßig aneinandergefügt waren, begann mein Magen heftig zu schmerzen. Ob es an der feuchten und stickigen Hitze von Den Haag oder an meinem Hunger lag, wurde mir nicht klar. Es kam mir allerdings so vor, als würde mein Magen von ein paar Händen zusammengedrückt. Vor Magenschmerzen vergaß ich die Blicke des Mannes hinter mir sowie den Umschlag in seiner Hand. Unwillkürlich drückte ich meine Hand auf meinen Bauch. Ich ging in die Konditorei an der Ecke der Kreuzung von Vaillantlaan und Hobbemastraat. Ich holte mir einen Kaffee, bestellte etwas zu essen und begab mich an einen leeren Tisch am Fenster. Ich zog einen der Stühle zu mir und setzte mich hin. Drinnen herrschte eine träge Stille, bis auf das tiefe Gejammer des Gefrierschranks. Während ich an meinem Kaffee nippte, schaute ich mir die Gäste an. Keiner kümmerte sich um andere oder sprach mit anderen, als hätte jeder einen Knebel im Mund.

Als der stämmige Kellner mein Essen auf den Tisch stellte, kam der Mann herein, den ich kurz vorhin auf der Straße gesehen hatte. Er hielt noch immer den Umschlag in der Hand und drehte ihn nervös zwischen seinen Fingern. Nachdem er einige flüchtige Blicke auf mich geworfen hatte, ging er an einen leeren Tisch in der Nähe der Tür. Den Umschlag in seiner Hand legte er langsam und vorsichtig auf den Tisch, als wäre er ein zerbrechliches Ding. Aus seiner Hemdtasche holte er dann eine Schachtel Zigaretten und ein Feuerzeug und legte sie neben den Umschlag. Anschließend ging er zur Kasse und bestellte eine Tasse Tee. Die Kassiererin nahm sein Geld mit einem breiten Lächeln entgegen. Ohne auf das Lächeln des blauäugigen und braunhaarigen Mädchens zu achten, nahm er seinen Tee und ging zu seinem Tisch zurück. Noch stehend warf er den Zucker in den Tee und rührte ihn langsam um. Nach dem ersten Schluck setzte er sich hin. Dann nahm er eine Zigarette aus der Schachtel. Die Zigarette steckte er zwischen die Lippen. Er sah sich mehrmals um, als würde er nach jemandem suchen. Er zündete die Zigarette an und zog ein paar Male hintereinander. Er inhalierte den Rauch. Ohne den Rauch auszupusten, trank er etwas Tee. Mit beiden Händen umfasste er die Teetasse. Nachdem er die Tasse ein paar Mal mit seinen großen Händen gedrückt hatte, stellte er sie vorsichtig auf den Unterteller auf dem Tisch, und entließ den Rauch aus Mund und Nase. Sobald der Rauch draußen war, griff er wieder nach der Zigarette. Bevor er sie zwischen die Lippen nahm, hielt er inne und wurde nachdenklich, als hätte er sich an etwas erinnert. Er hob den auf dem Tisch liegenden Umschlag auf und nahm den Brief heraus. Mit seinem Gesicht näherte er sich dem Brief, den er eine lange Weile ansah und dann wieder auf den Tisch legte. Dann nahm er den leeren Umschlag in die Hand und starrte auf die Schrift, die darauf stand. Ob er sie lesen konnte oder nicht, konnte ich nicht erkennen. Auf einmal wurde er wütend und warf ihn über den Brief. Im selben Augenblick bereute er es schon. Er nahm den Umschlag wieder in die Hand und legte ihn liebevoll neben den Brief. Bis er die Zigarette zwischen seinen Fingern zu Ende geraucht hatte, starrte er nur auf den Brief und Umschlag.

Als er aufhörte zu rauchen, war ich auch fertig mit meinem Essen. Ich stand auf und ging zur Tür. Bevor ich rausging, wandte ich mich kurz zu ihm und sah sein verzweifeltes Gesicht. Ich brachte es nicht übers Herz, ihn einfach so sitzen zu lassen. Zögernd ging ich hin zu ihm.

„Steht in dem Brief etwas, was sie so bekümmert?",fragte ich mit zitternder Stimme.

So traurig und hilflos wie ein Kind, dem sein Märchenbuch weggenommen wurde, schaute er mich an. Sein Gesicht errötete. Schweißtropfen bildeten sich auf seiner Stirn. Er wich meinem Blick aus, zerdrückte wütend die Kippe im Aschenbecher und atmete tief ein. Zwischen Sprechen und Nicht-Sprechen war er hin und hergerissen. Als ich mich für meine Störung entschuldigen wollte, bewegten sich seine Lippen.

Der wichtige Brief

Mit blasser, schwacher Stimme erzählte er dann: „Seit drei Tagen trage ich ihn in meiner Tasche. Er kommt wahrscheinlich von einem hohen Amt. Ich konnte aber niemanden finden, zu dem ich Vertrauen haben könnte, deshalb konnte ich ihn auch keinem zum Lesen zeigen." „Warum haben Sie keinen Übersetzer aufgesucht?", wollte ich wissen. Nachdem er erneut eine Zigarette angezündet hatte, richtete er seinen Schnurrbart.

„Ach, diese vermeintlichen Übersetzer, denen vertraue ich überhaupt nicht. Sie sagen, was sie wissen, nicht was im Brief steht. Dann versuchen sie ihre Fehler zu korrigieren."

Ohne mich anzusehen, reichte er mir den Brief. In dem kurzen Brief standen die Adresse der entsendenden Institution, das Versanddatum und die folgenden Sätze:

....
12.01.1998, Den Haag

Sehr geehrte Damen und Herren (A........)
Hiermit laden wir Sie zu einem Treffen am 30.01.1998 um 09:05 Uhr ein.
Die Mitarbeiter und der Ort, wo das Treffen stattfindet, sind unten aufgeführt.
Grüße.
....
Als ich ihm den Brief zurückgab, fragte er:
„Ist das alles?"

„Ja, das ist alles", erwiderte ich.

Die sommersprossige Tineke und der helläugige Ismail

I

Der letzte Winter schien mir kein Ende zu nehmen. Schließlich ging er doch vorbei und wir haben nun schon fast Spätfrühling. In diesen kalten Wintertagen habe ich mich sehr an dieses Lokal gewöhnt. Wenn ich hier einmal täglich vorbeischaue und etwas trinke, fühle ich mich entspannt. Sollte ich einmal nicht kommen können, erwacht das Gefühl etwas verpasst zu haben. Etwas, was ich kaum entbehren oder ersetzen könnte. Eigentlich gibt es ja auch nichts Anderes, was ich mir an Luxus gönne. Was soll ich denn sonst tun? All die Jahre habe ich in Sorge gelebt und alles so getan, wie mir die erfahrenen Kollegen rieten. Was habe ich nun davon? Von nun an will ich nach meinem eigenen Willen handeln, alles tun, was ich für richtig halte, also ein wenig für mich

leben. Wie ich sehe, werden die Menschen, mit denen ich vor dreißig Jahren hierherkam, immer weniger, es sind nur noch ein paar Leute, die dageblieben sind. Wo sind denn alle?
 Bis jetzt war sie immer pünktlich da. Ich komme schon seit langem hierher, das ist das erste Mal, dass sie so spät ist!
 So wie gestern ist heute auch sehr heiß, eine solche Hitze habe ich in Holland seit langem nicht erlebt. Die Kleidung klebt einem am Körper. Selbst wenn man ruhig dasitzt, erstickt man in dieser drückenden Schwüle. Was würden jetzt die Leute tun, die in den Gewächshäusern schuften? Als ob der säuerliche Geruch des mit der feuchten Erde gemischten Düngers nicht unangenehm genug wäre, kommt jetzt auch noch diese Hitze dazu! Kaum zu ertragen. Nur wer lange Jahre dort gearbeitet hat, kann nachvollziehen, wie es sich anfühlt, wenn die sengende Hitze das Fensterglas durchdringt und einen so zum Schwitzen bringt, als würde man schmelzen. Vielleicht hätte ich all die Jahre nicht durchgehalten, wenn es immer so heiß gewesen wäre. Was hätte ich sonst machen können? Als hätte ich eine andere Chance gehabt. Ohne Schulabschluss, nichts Festes in der Hand. Was hätte ich anders gemacht, als bloß durchzuhalten?
 Zwar ist es momentan zu warm, aber um diese Zeit ist die Ernte ja auch am reichsten. Es muss

halt geerntet werden. Holländer kennen sich aus, auch für diese Hitze werden sie eine Lösung haben. In der Mittagshitze werden sie wohl niemanden arbeiten lassen. Entweder wird in frühen Morgenstunden oder nachts gearbeitet, statt tagsüber. Aber was kümmert mich das? Wahrhaft, als sei es meine Aufgabe, mir Gedanken über deren Arbeit zu machen. Auf ihrem winzigen Boden züchten sie Blumen für das große Europa. Würden sie dann nicht auch selbst eine Lösung gegen Hitze finden...

Wer die Blumen in Geschäften sieht, denkt womöglich, sie würden von alleine wachsen. Man kauft und verschenkt sie, ohne zu ahnen, wie viel harte Arbeit dahintersteckt. Keiner weiß, was passiert, wenn eine von denen beim Sammeln kaputtgeht und dass dann der Gärtner, dem das passiert ist, zur Rechenschaft gezogen wird. Der Holländer ist ja einer, der sofort kalkuliert, wieviel Cent er beim Verlust einer Blume verliert. Dabei ist das Kalkulieren nicht das Übelste, es wird auch noch eine Entschädigung verlangt. Wer den Schaden angerichtet hat, dem wird bei der nächsten Lohnerstattung die entsprechende Summe abgezogen, auch wenn es nur fünfundzwanzig Cent sind. Schlimmer wird die Strafe, wenn das noch einmal passiert; dem Arbeiter wird dann mitgeteilt, er solle sich einen anderen Job suchen. In der Tat könnte man die Geldstrafe eher hinnehmen, aber die Angst davor arbeitslos zu werden, macht einen wirklich krank. Die Arbeit zu verlieren, würde vielleicht diejenigen nicht so hart treffen, die ohne Kind und Kegel gekommen sind. Ist aber die Familie auch noch da, wird man, allein durch den Gedanken arbeitslos zu werden, zum Wahnsinn getrieben.

Der Umgang mit dem Boden ist wirklich nicht so einfach. Den Boden reinigen, düngen, befeuchten, ausruhen lassen. Und die ganze Arbeit nach einiger Zeit wiederholen. Den Dünger anpassen, die Feuchtigkeit messen, dann die Samen einzeln in kleine Kästen legen, die man vorher aufgeteilt hat. Gießen, wachsen lassen und wenn die Zeit kommt, die Triebspitzen entfernen, Äste und Blätter schneiden. Am Ende bündeln und liefern, damit sie die anderen riechen können, ohne selbst daran gerochen zu haben.

Genau siebenundzwanzig Jahre lang habe ich hart gearbeitet. Siebenundzwanzig Jahre meines Lebens sind in diesem Land vergangen. Ich hätte es noch ein paar Jahre ausgehalten, wenn ich meinen Rücken nicht verletzt hätte, der mich endlich warnte: „Jetzt ist aber Schluss!" Viele, die mit mir nach Holland kamen, arbeiteten nur ein paar Jahre, dann ließen sie sich wegen vermeintlicher Verletzungen arbeitsunfähig schreiben. Ich aber hielt es genau siebenundzwanzig Jahre durch. Nun bin ich im fortgeschrittenen Alter. Zum Glück sind die älteren Kinder soweit, ihr Leben selbst in die Hand zu nehmen. Bloß habe ich den kleinen Jungen noch. Würde er auch einen Beruf ergreifen, so hätte ich keine Sorgen mehr. Als Vater kam ich natürlich meinen Pflichten nach, ich habe ihn stets unterstützt. „Mein Sohn, wenn du zur Schule gehst, werde ich bis zum Tode schuften, um deine Ausbildung zu finanzieren", versicherte ich ihm immer. Dennoch hat er die Schule abgebrochen. Dabei wäre es so schön gewesen, wenn er sie abgeschlossen hätte. Auf jeden Fall habe ich jetzt ein ruhiges Gewissen, weil ich meine Pflicht als Vater erfüllt habe. Hätte er weitergelernt, würde sein eigenes Leben leichter. Wie oft habe ich ihm gesagt: „Mein Sohn, ich habe deine älteren Brüder später hierhergeholt, aber du bist jünger, in deinem Alter lernt man besser. Geh bitte zur Schule und bau dir eine bessere Zukunft auf." Am Anfang warst du ja sehr interessiert, innerhalb von einigen Monaten hast du die Sprache gelernt. Was aber ist dann passiert, dass du nicht mehr lernen wolltest? Das verstehe ich wirklich nicht. Haben wir etwa Steine auf deinen Rücken geladen? Hat dich einer jemals gebeten dir eine Arbeit zu suchen? Nun willst du nur noch arbeiten gehen. Wieso? Enthalte ich dir dein Taschengeld vor, so wie die anderen Väter das tun? Mein Sohn, ich kann immer noch nicht fassen, was dir gefehlt hat, dass du so fest entschlossen zu mir sagtest: „Vater, das war es dann für mich. Ich gehe nicht mehr zur Schule." Dabei hättest du nur noch zwei Jahre bis zum Abschluss. Wieso konntest du die letzten zwei Jahre nicht aushalten? Was nützen dir die Sprachkenntnisse, die du erworben hast, wenn du keinen Schulabschluss hast? Gar nichts. Deine Türkischkenntnisse sind auch nicht mehr ausreichend. Wir fahren in Urlaub und du machst es uns zur Hölle. Du hast Schwierigkeiten dich dort anzupassen. Deinetwegen habe ich seit Jahren keinen einzigen Urlaub genossen. Deine älteren Geschwister haben wir verheiratet, sobald sie ein bestimmtes Alter erreichten. Du aber willst auch nicht heiraten, damit wir dich wenigstens so loswerden könnten.

Vor ein paar Tagen hat dich deine Mutter mit einem schwarzen Mädchen gesehen. Gegen deine Beziehung hätte ich nichts einzuwenden, aber ich würde auch nicht hinnehmen, dass du sie nach Hause bringst. Oder doch, vielleicht kannst du sie uns mal vorstellen, aber heiraten darfst du sie nicht. Was sage ich dann meinen Bekannten und Freunden? Wie kann ich das Mädchen mit in die Heimat nehmen? Eigentlich bin ich mir fast sicher, dass du ohnehin nicht mitkommen würdest, aber nehmen wir an, du würdest sie heiraten, bemühst dich uns mit Respekt zu behandeln und würdest dann mit uns ins Dorf fahren wollen. Ob du das willst, ist mir egal. Ich würde es jedenfalls nicht akzeptieren, dass sie mit uns kommt. Denn immer, wenn wir im Urlaub sind, sind wir unter der Beobachtung von Nachbarn, Bekannten und Verwandten, die ihre neugierigen Augen kritisch auf uns richten. Sobald sie einen Mangel entdecken, verbreiten sie Gerüchte: „Ach diese Deutschländer[2], die haben wieder dies und jenes getan. „Was würde passieren, wenn ihr, du und sie, mitkommen würdet? Zunächst würden sie sicher ihre Glückwünsche aussprechen, das sogar in verschiedenen Versionen, wie „Allah möge sie segnen" usw., aber hinterrücks würden sie uns alles Mögliche nachsagen. Wenn es nur bei Worten bleiben würde, nähme ich es ohne Beschwerde hin, aber sie würden uns auch noch auslachen. Die meisten haben es nicht aus der Kleinstadt raus geschafft, aber wenn es darauf ankommt, kennen sie sich mit der Welt viel besser aus als wir. Bei ihren Unterhaltungen lassen sie keinen Teil der Welt unberührt. Nicht nur das, sie wissen auch schon darüber Bescheid, wie viel wir hier verdienen und ausgeben. Sie kalkulieren sogar, wie viel ich sparen könnte.

Ach, was soll's? Es ist doch egal, was immer sie tun und was auch immer sie sagen. Mir macht es gar nichts aus, ob die Freundin weiß oder schwarz ist. Hauptsache sie zähmt meinen Jun-

---

2 Die Türken, die in Europa arbeiten (egal in welchem Land), werden in der Heimat so genannt

gen und nimmt mir diese Last von den Schultern. Würde man die Menschen häuten, so könnte man überhaupt keinen Unterschied sehen. Wer kennt denn seine Ururgroßeltern? Gäbe es nur einen Spiegel, der uns die Zeit von vor hundert oder zweihundert Jahren zeigt! Was hätten wir da alles zu sehen! Seit so vielen Jahren wohne ich in der Stadt, hier habe ich gelernt Bücher zu lesen, aber ich gebe zu, ein Teil von mir ist immer noch Dörfler. Ehe ich euch hierherholte, hatte ich auch schwarze Freundinnen. Wenn du es aber zur Heirat kommen lassen willst, werde ich das nicht akzeptieren.

Ach, könnte ich so viel Niederländisch oder Englisch wie du sprechen, würde ich mir von der anderen Seite der Welt eins von den schneeweißen japanischen Mädchen herholen. Japanerinnen sind fleißig und ihren Männern treu. Diese Frau mit Sommersprossen ist aber auch nicht so schlecht. Sie führt und verwaltet hier das Geschäft gut. Trotz ihres Alters hat sie eine feste Figur. Ihre Brüste sind nicht schlaff geworden, die Taille und Hüften sind nicht abgeflacht und die Waden schwabbeln nicht wie bei meiner Frau.

Während er an die sommersprossige Tineke dachte, vergaß er seinen jüngeren Sohn und befreite sich von seinen Sorgen. Dann richtete er sich auf seinem Sitz auf und wandte seinen Kopf zur Tür. Auf einmal schnitt er Grimassen, als wäre ihm etwas eingefallen, dann nahm er einen Schluck von seinem kalten Kaffee. Seine großen, vorstehenden Augen kniff er zusammen und versuchte zu schlucken. Als der kalte Kaffee ihm die Kehle zuschnürte, winkte er dem Barmädchen mit der Hand und ließ sich einen anderen bringen. Er schaute zur Gasse hin, während er an seinem neuen heißen Kaffee nippte. Während er sich mit dem weißen seidenen Taschentuch, das er aus seiner Jackentasche herausnahm, die Nase putzte, dachte er: „So spät war sie noch nie zuvor!" Danach kehrte er zu seinem inneren Dialog zurück, den er unterbrochen hatte.

Ich glaube, ich denke eher an mich als meinen Sohn. Bei so etwas sagt man doch nicht, es sei einem egal, oder? Was ist, wenn das schwarze Mädchen kifft? Die sind meist unberechenbare Flittchen und haben gleichzeitig mehrere Liebhaber. Sie schaffen es kaum, ohne Disco zu leben. Discos sind aber auch nicht die sichersten Orte. Zahlreiche Kollegen haben ihre Kinder in Discos verloren. Dass er in den letzten Tagen erst früh morgens nach Hause kommt und sein Taschengeld schnell ausgibt, ist allerdings kein gutes Zeichen. Huch, was bin ich denn für ein Blöder? Warum habe ich nicht vorher daran gedacht? Schande über mich! Falls mir so etwas passiert, springe ich ins Meer und bringe mich um. Ich will lieber von Fischen gefressen werden, als die

Worte der Leute hören zu müssen: „Sein Sohn ist Kiffer geworden."
Vor Empörung wurde er rot im Gesicht. Der Schweiß floss ihm von den Schläfen bis in den Nacken. Er holte sein Taschentuch erneut aus der Tasche und wischte nun das Gesicht ab. Dann rutschte er auf seinem Stuhl herum und trank den restlichen Kaffee. Nachdem er noch einen Kaffee bestellt hatte, blickte er zum Tisch in der Ecke, wo die sommersprossige Tineke Tag für Tag, morgens bis abends saß. „So spät war sie lange nicht mehr", bemerkte er. Dann wanderten seine Gedanken zurück zu seinem jüngsten Sohn, der ihm nicht aus dem Sinn ging. Auch an das schwarze Mädchen dachte er.

Schwarze Mädchen gehen auf Nummer sicher. Sie kennen sich aus und wissen schon vorher, woher der Wind weht. Wenn sie ihre Hüften schwingen, glaubst du, sie wären Paradiesjungfrauen. So können sie sogar einen Sultan verführen, geschweige denn, einen jämmerlichen Jugendlichen ohne Schulabschluss. Sie sind allerdings nicht wählerisch und warten nicht auf das Beste... Nein, das darf nicht sein. Ab morgen muss ich ihnen folgen und herausfinden, wo sie überall ein- und ausgehen. Bis jetzt haben wir es mit ihm ausgehalten, nun können wir ihn nicht einfach weggehen lassen. Wenn es ein schlechtes Mädchen ist, gebe ich den Marokkanern etwas Geld und ein

Messer, damit sie es in die Seite stechen. Dann wird sie unseren Jungen nicht mehr treffen wollen. Seine Mutter sagte, er hätte einen neuen Job angefangen. Ich halte das allerdings nicht für möglich. Der wievielte Job ist das denn? Kaum fängt er an, kündigt er sofort den Job. Ich habe nie erlebt, dass er bei irgendeinem Job durchhielt. Vielleicht wird er das schwarze Mädchen so sehr mögen, dass er ihr zuliebe zu arbeiten beginnt.

Wie oft habe ich seiner Mutter gesagt, sie soll sich überall umgucken, wenn sie Leute besucht, ob sie da nicht ein passendes Mädchen für ihn findet, so könnten wir ihn vielleicht unter die Haube bringen. Aus der Verwandtschaft wird er sicher kein Mädchen heiraten wollen. Von sich aus würde er auch niemals sagen: „Liebe Eltern, besucht die Familie dieses Mädchens und bittet für mich um ihre Hand." Eigentlich würde er auch nicht eins der Mädchen heiraten, die wir ihm zur Auswahl stellen, aber einen Versuch ist es schon wert. Jeder hat einen schwachen Moment und eine schwache Seite. Vielleicht können wir diesen Moment nutzen. Dabei wünschte ich so sehr, er wäre damit einverstanden, dass wir ihn mit einem Mädchen aus der Verwandtschaft verkuppeln! Mit so einer könnten wir uns nämlich besser vertragen. Sie wäre gehorsam und würde alles tun, was wir gerne hätten. Und kämen dann auch ein paar Enkelkinder aus dieser Ehe, hätten wir eine sinnvolle Beschäftigung im Alter. Wir würden nicht so einsam leben wie die Holländer, wären auch nicht auf fremde Leute angewiesen, schließlich hätten wir ja alles, was wir bräuchten. Bis hin zur Sterbegeldversicherung habe ich vorgesorgt. Hätten wir eine aufrichtige Schwiegertochter, so würden wir unseren letzten Lebensabschnitt in Ruhe verbringen.

Vielleicht hätte ich alles so machen sollen, wie ich es bei meinem Vater gesehen hatte und wäre nicht lustgetrieben hierhergekommen! Auf unserem eigenen Feld hätte ich möglicherweise nur die Hälfte meines hiesigen Lohns verdient, hätte aber ein besseres Leben gehabt und mich nicht beugen müssen. Diese Lust, die uns hierher trieb, wurde mit der Zeit zu einer unerträglichen Last. Wir waren gekommen, um unseren Kindern eine bessere Ausbildung in der Stadt zu ermöglichen. Aber weder die Stadt konnte sich seit Jahren an uns gewöhnen noch wir an sie."

Einen Moment meinte er einen Schatten gesehen zu haben, der sich dem Eingang näherte. Er wandte sich zur Tür und wartete. Als er niemanden sah, zog er eine enttäuschte Grimasse. „Nie war sie so spät! Was heißt denn spät, sie war immer auf die Sekunde pünktlich!" Aus Gewohnheit führte er die Tasse zum Mund. Nach dem ersten Schluck spitzte er die Lippen. „Kalt geworden", sagte er kopfschüttelnd, mit etwas erhöhter

Stimme. Er winkte dem Mädchen an der Bar, damit sie den Kaffee auffrischt. Dann zog er seine Jacke aus und hängte sie über die Stuhllehne. Sobald er die Jacke auszog, breitete sich der intensive Duft seines Parfüms um ihn aus. Das Mädchen wusste schon, wie er seinen Kaffee mochte, sie brachte ihn unverzüglich und stellte die Tasse auf den Tisch. Während sie den alten Kaffee zurückbrachte, schaute er immer noch Richtung Eingang. Nervös zündete er sich eine Zigarette an. Beim Rauchen fuhr er mit der Hand über seine dünner gewordenen Haare. Ob er es aus Langeweile oder gewohnheitsgemäß tat oder eher, um seine Halbglatze zu bedecken, wusste er nicht genau, aber jedes Mal, wenn er an seiner Zigarette zog, glättete er sich die Haare mit der Hand. Anfangs fiel ihm selbst nicht auf, dass er seine Hand über den Kopf führte, aber als er es dann bemerkte, war es ihm sehr peinlich. Nun war dasselbe passiert. Er schämte sich. Aus Scham traute er sich nicht zu, zur Bar zu schauen. Er guckte aus dem Fenster, wo er seinen Opel geparkt hatte. Als er seinen glänzenden Wagen erblickte, lächelte er zufrieden. „Sein Name sei Traum", murmelte er vor sich hin. Das Mädchen an der Bar hörte ihn sprechen, konnte aber nichts verstehen. Sie kam zu ihm an den Tisch.

„Wünschen Sie etwas, mein Herr?", fragte sie.

Als er die Frage des Mädchens hörte, erkannte

er, dass er laut gedacht hatte. Ein verlegenes Lächeln zeigte sich auf seinen Lippen.

„Nein, danke, ich wollte nichts. Manchmal rede ich so vor mich hin, ignoriere es einfach!", sagte er in ihre großen grünen Augen blickend.

Das Mädchen antwortete ihm mit einem verständnisvollen Lächeln, das man ihrem Alter nicht zugetraut hätte. Dann kehrte sie wieder zur Theke zurück. Während sie sich hüftschwingend entfernte, seufzte der helläugige Ismail und sagte nun lautlos zu sich: „Oh, Jugend!" Er versuchte das Alter des Barmädchens zu schätzen, da erinnerte er sich an sein eigenes Alter und schämte sich. Sein Gesicht wurde rot vor Scham. Um einen Augenkontakt zu vermeiden, schaute er aus dem Fenster hinaus. Nach ein paar Schluck Kaffee führte er seinen inneren Dialog fort.

„Blöder Esel, er soll zur Hölle gehen! Hätte er sich doch mit einer schönen Holländerin angefreundet! Holländer halten sich ja an Maß. Sie wissen, wann sie saufen und wann sie damit aufhören. Wir dagegen kennen unsere Grenzen nicht und können uns kaum im Zaum halten. Schließlich werden wir ja auch wie ein kaputtes Seil schnell vom Leben abgelöst."

Er trank noch ein paar Schluck Kaffee, einen nach dem anderen. Um nicht an seinen jüngsten Sohn zu denken, zählte er die vorbeifahrenden Autos auf der Straße. Nach einer Weile hörte er mit dieser langweiligen Beschäftigung auf. Dann dachte er wieder an die sommersprossige Tineke. *Noch nie ist sie so spät gekommen.* Aber egal, sie wird bestimmt bald auftauchen. Wie sonst immer wird sie ohne Eile die Straße überqueren und schwingend das Lokal betreten. Zuerst wird sie dem Barmädchen etwas zuflüstern und dann ihren Platz in der Ecke einnehmen. Bevor sie sich hinsetzt, wird sie ein paar Mal das kleine Sitzkissen mit dem üblichen Tempo am Stuhl abklopfen. Sobald sie sich hinsetzt, wird sie die Zigarettenpackung aus der Tasche nehmen und eine Zigarette in den Mund stecken. Da wird das Barmädchen mit dem Kaffee kommen. Falls die Packung leer ist, wird sie sie seufzend auf den Tisch werfen. Dann wird sie das Mädchen beauftragen, für sie eine Schachtel Zigaretten aus dem Automaten zu ziehen. Oder nein, so wird sie das nicht tun. Sie wird selbst zum Automaten gehen, wobei sie mit den Hüften wackelt. Wenn sie wieder schwingend zu ihrem Platz geht, wird sie mich mit verkniffenen Augen ansehen. Sobald sie sich auf ihren Platz gesetzt hat, wird sie die Packung anbrechen und eine Zigarette zwischen ihre vollen, roten Lippen stecken, dann Zucker in ihren Kaffee werfen und hastig umrühren. Während sie ihren Kaffee schlürft und raucht, wird sie ihre strahlenden Blicke die Bar entlang wandern lassen. Vielleicht wird sie mich auch als irgendeinen

Gegenstand wahrnehmen. Sobald das Barmädchen an ihren funkelnden Augen erkennt, wonach sie sucht, wird sie die Tageszeitungen von der Theke nehmen und sie eiligst an ihren Tisch bringen. Sie wird sich in die aktuellen Nachrichten aus den Zeitungen vertiefen, bis sie zur Toilette muss. Wenn sie sehr dringend muss, wird sie hastig die Zigarette in den Aschenbecher drücken und mit zitternden Hüften zum Waschraum eilen. Sie wird aber schnell wieder herauskommen. Wie eine sommersprossige Göttin wird sie ihren mit Wut erfüllten Blick an das Barmädchen richten und rufen: „Hier ist kein Klopapier mehr!"

Während sie auf das Mädchen wartet, werde ich in den Himmel steigen, um den Klang ihrer gedämpften Stimme einzufangen. Dabei wird sie kaum etwas bemerken, weder dass ich sie beobachte, noch ihrer Stimme folgend in den Himmel steige. Bloß wird sie ihr reifes, etwas faltiges Gesicht verziehen und wütend zu Boden schauen. Während die Bewegung ihrer Augenlider ihrem Gesicht Frische verleihen, wird mich eine Wärme durchströmen. Mein Blick wird sie langsam mustern. Sie wird dann ihre Brüste leicht schwingen, aber so tun, als würde sie nichts ahnen. Ihre schwingenden Brüste werden mein Herz flattern lassen, indessen werde ich meine Fingerspitzen in einem rhythmischen und glückseligen Tanz auf dem Tisch bewegen. Mit dem Klopapier, das das

Barmädchen ihr in die Hand gibt, wird alles wieder beim Alten sein. Wenn sie hinter der Tür verschwindet, werde ich wieder zu meiner Verlegenheit zurückkehren. Während sie aus dem Waschraum kommt, werden ihre Hüften nicht mehr zittern, sondern eher hin und her wackeln. Ich werde ihren Hüften, die sie willentlich wackelt, zusehen, aber so tun, als würde ich mir eine Zigarette anzünden. Und wenn sie sich hinsetzt, wird sie ihren Rock hochraffen und ihre schönen Beine zeigen, dabei wird sie auch nichts ahnen wollen. Sie wird sich wieder in die Zeitung vertiefen. Gelegentlich wird sie die aktuelle Welt der Nachrichten verlassen und zur Tür schauen. Wo sie meinen Blick nicht mehr auffängt, wird sie ihren Blick über mich schweifen lassen. Mein Blick wird ihre langen blonden Haare sanft streicheln, dann auf ihre halboffenen Schultern gleiten, solange er von ihrem Blick nicht aufgefangen wird. Ich werde von ihren straffen Brüsten träumen, die sich hinter den Zeitungen verstecken. Sobald sie meinen Blick auffängt, wird alles vorbei sein. Ein Schamgefühl wird mich erfüllen. Vor Scham wird mein Gesicht rot werden. Ich werde mich nicht mehr trauen in ihre Richtung zu schauen. Ich werde verbittert sein. Dann werde ich aufstehen und allein Billard spielen. Egal, wie groß mein Begehren ist, werde ich es nie wagen zu ihr zu sehen. Etwas später werde ich glauben, von ihr entschuldigt worden zu sein und ihr noch einen flüchtigen Blick zuwerfen. Ihr Blick, der auf diesen Moment wartete, wird meinen Blick auffangen. Sie wird Ärger vortäuschen und mit einer Stimme, die mein Herz berührt, sagen:

„Wie oft habe ich Sie beim Glotzen erwischt! Sie interessieren sich für eine Frau, gleichzeitig geben Sie sich große Mühe Ihr Begehren zu verbergen. Wenn ich Ihnen jetzt zulächeln würde, würden Sie es bestimmt falsch verstehen. Nach ein paar Dates im Restaurant wird das Ganze anschließend im Bett enden."

Um seine verwirrten Gedanken loszuwerden, ging er zum Automaten und holte eine Schachtel Zigaretten, obwohl er noch welche hatte. Er steckte die Münzen, die er als Restgeld zurückbekam, einzeln und langsam in sein Portemonnaie, was er normalerweise nicht tat. Dann kehrte er mit hastigen Schritten zurück, setzte sich auf seinen Stuhl und bestellte noch einen Kaffee. Mit dem Geschirrtuch in der Hand, sagte das Mädchen, sie werde seinen Kaffee bringen, sobald sie die Gläser abgetrocknet habe. Während er auf seinen Kaffee wartete, sah er einem Auto zu, das hinter seinem Opel parken wollte. Er regte sich auf, als es sich dicht an sein Auto näherte. In der Befürchtung, es würde seinen Wagen rammen, wollte er sofort aufstehen und rausgehen, um nachzusehen. Aber da bemerkte er, dass der Fahrer es mit einem geschickten Manöver einparkte. Er atmete auf.

Sobald er sich in seinem Stuhl zurücklehnte, griff in die Tasche seiner karierten Jacke und zog eine kleine Parfümflasche heraus. Hastig tropfte er ein paar Tropfen in seine Handfläche und rieb sich damit das Gesicht. Ein angenehmer Duft verbreitete sich im Raum. Das Mädchen, das den Kaffee brachte und auf den Tisch stellte, beugte sich, nachdem sie einige Male die Luft gerochen hatte, zu Ismail und sagte:

„Ihr Parfum riecht sehr gut!"

Ismails frisch rasierter Hals begann zu schwitzen. Stolz darauf, Gefallen erregt zu haben, leckte er über seine Lippen. Er versuchte seine Aufregung zu verbergen und zu lächeln:

„Danke schön", sagte er.

Das Mädchen ging darauf ein:

„Es muss sehr teuer sein!"

„Ja, ziemlich", erwiderte er schlicht.

„Joop!", sagte sie.

In der Tat hatte Ismail keine Ahnung, um welche Marke es sich handelte. Er überlegte, ob er die Flasche aus der Tasche nehmen und sie ihr zeigen sollte. Dann dachte er aber, es wäre unangebracht und zeigte es nicht.

„Ja, Joop", sagte er.

Nachdem sie noch ein paar Male in der Luft schnupperte, wiederholte sie:

„Es riecht echt toll." Dann ging sie zur Theke zurück.
Als sie weg war, war Ismail erleichtert. Während er dem Mädchen beim Weggehen zusah, wischte er sich mit seinem weißen Taschentuch über den verschwitzten Hals. Dann wollte er sein Taschentuch wieder in die Tasche stecken, da bemerkte er, dass seine Hände zitterten. Er geriet in Panik und presste seine Hände auf die Brust. Da das Zittern nicht aufhörte, verschränkte er die Finger. Seine Aufregung wuchs, als sich das Zittern auf seine Beine ausbreitete. Er bückte sich und trank hastig einen Schluck von seinem ungesüßten Kaffee auf dem Tisch. Seine Zunge wurde vom starken Kaffee betäubt. Sein Gesicht verzogen, trank er noch einen Schluck. Erst kurz nach dem zweiten Schluck ließ seine Aufregung nach, sein Zittern war auch fast weg. Er schaute zu seinem Opel hinaus. Das Auto, das hinter ihm parkte, war wieder weg. Plötzlich wurde er misstrauisch und dachte sich: „Vielleicht hat er meinen Opel von hinten angestoßen und ist dann weggefahren, weil keiner etwas gesehen hat." Er konnte seinen Verdacht nicht bewältigen und eilte hastig zu seinem Auto. Er überprüfte die Stoßstange am Heck. Als er nichts fand, murmelte er bei sich: „Der Kerl war doch ein guter Fahrer!" Während er sich wieder in aller Stille auf seinen Stuhl setzte, fragte ihn das Mädchen von ihrem Sitz aus,

was passiert sei. Ismail wandte sich halb zu ihr um und sagte:
„Ich meinte, einer hätte mein Auto von hinten angestoßen und sei dann geflohen."
Das Mädchen stellte das längliche Glas, das sie gerade abgetrocknet hatte, neben die Spüle und sagte:
„Wenn sie angestoßen hätten, hätten sie sich bestimmt gemeldet."
Ismail lachte etwas laut. Das Mädchen konnte sich nicht erklären, warum er lachte. Mit ihren grünen Augen lächelte sie nur zurück. Dann warf sie ihre blonden Haare mit Schwung nach hinten und fragte:
„Warum haben Sie gelacht?"
„Verzeihen Sie mir bitte mein Lachen. Sie scheinen weder einen Führerschein noch ein Auto zu besitzen. Damals, als ich noch keinen Wagen hatte, dachte ich genauso wie Sie. Allerdings erfuhr ich mit der Zeit, dass in der Tat alles anders läuft", sagte Ismail.
Das Mädchen schüttelte den Kopf und strich sich mit den Händen ihre nach hinten geworfenen Haaren glatt.
„Sie stoßen einen Wagen an und dann fliehen sie also?", fragte sie nun erstaunt.
„Ja, genau so ist es", antwortete der helläugige Ismail mit schwacher Stimme.
Als sich das Barmädchen zur Theke wandte, um

ihre Arbeit fortzusetzen, hörte Ismail ihre Schritte. Er nippte an seinem Kaffee und wartete aufgeregt auf sie.

II

Heute ist er zu spät. Vielleicht kommt er überhaupt nicht. Denn normalerweise kommt er jeden Tag früher als ich, setzt sich an den ersten Tisch am Fenster und schaut lange aus dem Fenster, während er seine Ellenbogen auf den Tisch legt und eine Zigarette raucht. Jeden Tag schaue ich dorthin, wo er auch hinblickt, sehe aber weder das, was er sieht, noch etwas, was mich interessieren würde. Wenn ich durch die Tür gehe, bewegt er sich leicht und begrüßt mich mit leichtem Kopfnicken und flüchtigem Lächeln. Während ich zur Theke gehe, bleibt sein Lächeln unverändert auf seinen Lippen. Ich kann nie herausbekommen, was so steif an ihm wirkt, sein Lächeln oder seine Gedanken. Wenn ich mich nach einem kurzen Gespräch mit dem Barmädchen an meinen Platz begebe, fühle ich, wie er seinen kurz vorhin erstarrten Blick über meine Hüften wandern lässt. Bei jeder Bewegung meiner Hüften, weiten sich seine Augen; und wenn ich mich plötzlich umdrehe, erwische ich seinen begierigen Blick, da schämt er sich, wird rot im Gesicht und sieht missmutig aus. Wie eine unsichere

Schnecke zieht er sich dann zurück in sein Gehäuse. Während er aus dem Fenster schaut, vertieft er sich wieder in Gedanken. Manchmal kommt es vor, dass er dabei vergisst seinen Kaffee zu trinken oder seine Zigarette zu rauchen. Ein allzu großes Problem, das ihn so bedrückt, wird er wohl nicht haben. In seinem Heimatland hätte er sicher nicht viel verdienen können, womöglich gar keine Arbeit bekommen. Hier hat er bestimmt einen Job und verdient gut. Vielleicht lebt er von seiner Frau und seinen Kindern getrennt. Früher brachten die Männer ihre Frauen und Kinder nicht mit. Genauso wie wir dachten auch sie, sie würden irgendwann in ihre Länder zurückkehren. Mittlerweile wissen wir, dass sie dauerhaft dableiben, auch sie gewöhnten sich an diesen Gedanken. Andererseits ist es gar nicht so verkehrt, dass sie ihre Kinder nachkommen lassen, sie bekommen dann Kindergeld, fast so viel wie ihr Gehalt. Viele leben in besseren Verhältnissen als unsere Leute.

Warum denke ich jetzt aus heiterem Himmel an diesen fremden Mann? Egal, ob er spät kommt oder nicht, was soll's? Ist er nicht ein gewöhnlicher Kunde wie die anderen auch? Ausländer gleichen sowieso einander, ein paar Mal besuchen sie das Lokal, gucken sich um, überprüfen die Atmosphäre. Treffen sie einige Leute, die sich um sie kümmern und sich mit ihnen unterhalten, dann kommen sie wieder, sonst schauen sie nie wieder vorbei. Irgendwie scheint dieser Mann ein wenig anders zu sein als die anderen. Seit Monaten kommt er fast jeden Tag hierher. Sein Blick und seine Haltung weisen darauf hin, dass er irgendetwas zu sagen wünscht, aber nicht zu sagen vermag. Krank sieht er nicht aus, er hat rote Backen und schöne große Augen, die so lebhaft wirken. Seine Falten im Gesicht sind ziemlich tief, aber die Schulter hängen noch nicht. Das Seltsame ist, dass er, obwohl er seit längerer Zeit hierherkommt, keine richtige Bekanntschaft schließen konnte. Ich würde bestimmt aus Langeweile explodieren, wenn ich auch nur fünf Minuten so stumm rum hocken würde. Seit Tagen sitzt er da, raucht, trinkt Kaffee und schaut aus dem Fenster. Manchmal spielt er Billard, allerdings auch alleine. In seinen großen Händen sehen die Billardstöcke nicht so vornehm aus, aber er spielt gut. Zunächst überprüft er die Kugeln, legt die Strategie fest und dann stößt er. Auch als gegnerische Partei plant er voraus und spielt dann die Kugel erst nach genauer Überlegung. Er tut so, als würde nicht er selbst, sondern jemand anderer spielen. Wenn ihm der Stoß nicht gelingt, verzieht er sein Gesicht. Vielleicht meint er, dass der Kaffee, den er immer wieder neu bestellt, auf die Rechnung des Gegenspielers geht, in dessen Person er sich auch verwandelt. Es macht ihm vielleicht Spaß, den von seinem besiegten Ich bezahlten Kaffee zu trinken. Die Selbstgespräche, die er gelegentlich führt, kommen vielleicht daher.

Was hält er wohl von mir? Jedes Mal, wenn ich ihn ernsthaft ansehe, um seine Gedanken zu lesen, bekommt sein Gesicht eine Farbe in unterschiedlichen Rottönen. Obwohl mein Anblick ihn schmelzen lässt, hat er sich bis heute nie getraut an meine Nähe zu kommen. Dabei gibt es keinen Grund zur Scheu. Oh Gott, was kümmert mich der Fremde? Ich habe genug zu erledigen und keine Zeit an ihn zu denken. Wenn er nicht reden mag, soll er auch nicht, man kann ihn nicht zwingen. Falls er aber Sorgen hat, sollte er auch darüber reden. Ich könnte ihn fragen, aber vielleicht gibt er mir keine Antwort. Ich meine, so viel Einsamkeit kann kein Mensch ertragen. Vielleicht liege ich falsch, er hat keine Probleme und kommt hierher, um seine Ruhe zu haben und sich in sein Schweigen zu vertiefen. Tu ich das nicht auch sehr oft? Um zu meditieren, ziehe ich mich manchmal zurück und rede eine Zeitlang nicht. Falls ich die Ruhe nicht finde, die ich gerne hätte, gehe ich woanders hin. Jeder Mensch hat einen eigenen Zufluchtsort. Vielleicht findet er hier Zuflucht. Ich glaube, ich kann für ihn nicht viel tun. Deshalb sollte ich mich auch nicht anstrengen. Mir sollte es doch egal sein. Es wäre besser, wenn ich mir mehr Gedanken über schönere Dinge machte, anstatt an ihn zu denken. Einem so schönen Leben sollte man auch ein schönes Ende setzen. Ausländer sind meistens so, sie mögen es sehr, in ihrer eigenen Welt zu leben. Andererseits ist es vielleicht auch ihr religiöser Glaube, der sie daran hindert, mit uns in Kontakt zu treten. Sie kümmern sich eher ums Jenseits. Aber was ich brauche, ist das Diesseits.

Was ich am meisten an ihm mag, ist seine Verlegenheit, die dann auftaucht, wenn ich mich plötzlich umdrehe und seine über meine Hüften gleitenden Blicke erwische. Er schämt sich unheimlich und schaut sofort weg. Ich glaube dann, er würde seine Blicke nie wieder auf mich richten. In dem Moment bereue ich es zutiefst. Hätte ich mich doch nicht umgedreht und seine Blicke ertappt! Während er wieder nach draußen schaut, versuche ich, so gut es geht, an den Falten seines Gesichts und seinem nachdenklichen Blick einiges zu erkennen. Ich versuche zu verstehen, was es zu bedeuten hat, dass er minutenlang den Ringen zusieht, die er mit dem Rauch seiner Zigarette macht, nachdem er ihn aus dem Mund geblasen hat. Mit zugekniffenen Augen murmelt er etwas. Mir wird nicht klar, ob er mit dem Rauch oder mit der Wand redet. Seiner Schüchternheit nach zu urteilen, müsste er ein guter Mensch sein. Wenn er ein böser Mensch wäre, hätte ich das schon längst geahnt. Er redet mit sich selbst, spielt Billard mit sich selbst, grübelt allein und tut sein Bestes, um niemanden zu stören. Er weiß sich auch nachher zu entschuldigen. Er schaut niemanden an, nur an mir ist er interessiert. Wenn ich meinen Kontrollgang zum Waschraum mache, oder wenn ich aufstehe, um mir Zigaretten zu holen, wandert sein Blick über meine Hüften und folgt mir. Ich denke, das einzige Übel in seinem Kopf ist, dass er mich ins Bett bringen will. Ist er etwa zu schüchtern? Vielleicht schafft er es ja nicht, mit jemandem über diese Probleme zu reden. Wofür muss man sich da schämen oder zurückhalten? Wenn du kein Ausländer wärst, würde ich zu dir kommen und mit dir reden, aber ich weiß nicht, wie du reagierst, deshalb komme ich nicht. Wenn du einer von uns wärst, hätte ich dich schon längst angesprochen. Letzten Endes kommt es auf ein paar Floskeln an. Drei bis fünf Sätze schafft man doch, wie: „Ich mag Sie, können wir einmal abends ausgehen?" Das war es dann. Was darauf folgt, ist nicht mehr deine Sache. Die Person, die du ansprichst, entscheidet dann, wie es weitergeht. Wenn du mich um ein Date fragen würdest, würde ich annehmen. An einem vereinbarten Abend gingen wir aus, vielleicht in ein Restaurant, wo wir uns in Ruhe unterhielten. Falls wir beim Reden einander gefallen, würde etwas zwischen uns aufblühen. Wenn nicht, dann würde auch nichts mehr passieren.

Wir würden dann „Tschüss" zueinander sagen und uns auf den Heimweg machen. Am nächsten Tag würde alles wieder beim Alten sein. Das Leben nimmt seinen gewöhnlichen Lauf. Morgens kommst du, wie sonst immer, früher als ich, und trinkst deinen Kaffee. Dann komme ich, lächele ich dich an und kümmere mich um meine Sachen... Dass du es aber nur aus deiner Perspektive siehst und überlegst, erschwert natürlich die ganze Sache, dir fällt es sogar sehr schwer zu reden. Du glaubst, dass es nur um deinen Spaß geht. Das ist aber nicht so. Auch ich genieße es Sex zu haben. Ich weiß nicht, wie du dazu stehst, für mich ist es jedenfalls kein Tabu. Bloß muss ich dich besonders mögen, bevor ich mit dir Liebe mache. Und das ist meine einzige Bedingung. Ich glaube, es ist schwer dir so etwas zu erklären. Denn du lebst in einer ganz anderen Welt, die ich kaum kenne.

Vielleicht kommt der Mann nie wieder, was mische ich mich jetzt in seine Welt ein? Was beschäftigt denn meinen Kopf, wo ich sowieso so viel zu tun habe?

Dieses Barmädchen einzustellen, war eine gute Idee von mir. Sie achtet gut auf sich und ihre Kleidung. Sie kann die Kunden anlocken und bestens bedienen, da ist wahrhaft nichts zu bemängeln. Wenn sie mit ihrem geschlitzten Rock herum wedelt, wirkt sie sogar auf mich sehr verführerisch.

Allerdings ist sie nicht so sauber, wie sie aussieht. Jeden Tag muss ich selbst die Toiletten kontrollieren. Dabei ist es doch eine Arbeit von ein paar Minuten. Den Mopp einfach feucht machen und damit den Steinboden ein- bis zwei Mal aufwischen. Die Waschbecken mit Chlor reinigen, das war es. Dann jede Stunde kontrollieren, wenn etwas fehlt, und das Fehlende ersetzen. Dennoch gibt es bei solchen Lokalen immer dasselbe Problem mit den Angestellten. Auch die Räume, die man nicht sieht, sind nämlich so wichtig wie die anderen. An einen schmutzigen Tisch setzt sich ein Kunde auch ein zweites Mal, aber auf eine schmutzige Toilette geht keiner wieder. Manche kommen sogar erst nach dem Toilettenbesuch in die Bar. Aus hygienischen Gründen ist nämlich die Sauberkeit der Toiletten äußerst wichtig, alle Krankheiten werden dort übertragen. Wo keine Sauberkeit ist, da gibt es auch keine Kunden. Und wenn es keine Kunden gibt, können wir auch nicht existieren. Nach so vielen Jahren kann ich keine andere Arbeit machen. Hier ist mein ganzes Leben. Hierzulande müsste ich zwar in diesem Alter nicht verhungern, wenn ich nicht arbeiten würde. Aber was soll's? Bis jetzt habe ich gelebt, ohne auf den Staat angewiesen zu sein. Egal, ob ich bei anderen bettle oder beim Staat, wo ist der Unterschied? Sozialhilfe zu beziehen, ist nicht schwer, aber ich langweile mich, wenn ich einfach

so untätig herumsitze. Eine Trinkerin kann ich auch nicht werden wie viele andere, die eine Zuflucht in falschen Welten suchen. Vielleicht ginge es ab und zu mal, aber so etwas ist nichts für mich...
Wenn er heute kommt, werde ich zu ihm gehen und mit ihm reden, ohne seine Scheu oder Scham zu berücksichtigen. Es kann sein, dass er mit mir nicht ausgehen möchte. Ich nehme es ihm nicht übel. Gibt es denn etwas Natürlicheres als das, dass ein Mensch dem anderen sagt, dass er ihn mag oder nicht mag? Es ist kein Muss, dass man ein Leben lang nur an einer und derselben Sache Gefallen findet oder denselben Menschen mag. Es ist durchaus möglich, dass wir etwas, was uns heute gefällt, morgen nicht mehr mögen. Das ist eine einfache Regel, die nicht allzu schwer zu verstehen ist und auch für menschliche Beziehungen gelten sollte. Regel beiseite, halte ich durchaus stark für möglich, dass diesem Mögen oft die richtige Liebe folgt. Zu lieben, ist eigentlich nicht schwer, oder? Allerdings mag ich die Leute nicht, die die Liebe als Besitz betrachten. Weder gebe ich meine eigene Besitzbescheinigung weg, noch will ich die von jemand anderem haben.

III*

Sie hätte nicht so lange ruhig sitzen können. Inzwischen wäre sie schon längst aufgestanden und zur Toilette gegangen, die sie sonst immer kontrolliert. Sie wäre dann mürrisch herausgekommen und hätte dem Mädchen Fragen gestellt. Ob sie heute Unfug im Kopf hat? Vielleicht wird sie erst mal alles unterdrücken und dann plötzlich explodieren. Stört es sie etwa, wenn ich mich umdrehe und hingucke? Dass sie so lange und ruhig da sitzt, kann nichts Gutes bedeuten. Was macht sie jetzt wohl? Wenn sie, den Blick in die Zeitungen vergraben, einfach dasitzt, lohnt es sich nicht etwas zu sagen. Zeitung lesen ist ihre ernsthafteste Beschäftigung. Über alles andere macht sie sich lustig. Sie verwandelt alles in ein Spiel. Eine Zeit lang ging es mir auch so, als ich mir die Gewohnheit zugelegt hatte, die Bibliothek zu besuchen. Meine Leselust stieg, je mehr ich las. Eigentlich hatte ich in der Heimat nie etwas von der Bibliothek gehört, geschweige denn Bücher gelesen, aber als ich hierherkam, wurde die Bibliothek mein Zufluchtsort. Am Anfang wurde ich schnell müde, wenn ich ein paar Seiten gelesen hatte, mir schien, ich hätte schwere Arbeit geleistet. Später ging ich regelmäßig hin, um mich von der Arbeit zu erholen. Jetzt werde ich aber schnell müde und mein Rücken tut weh. Andererseits macht mir diese Zitterkrankheit auch zu schaffen. Wenn ich von Rückenschmerzen rede, muss ich immer an Şevket denken. Wir waren am selben Tag nach

Holland gekommen. Er war ein robuster junger Mann. Als ich ihn neulich traf, merkte ich, dass sein Körper total gekrümmt war. Damals hatte ich ihn aber mehrmals gewarnt:

„Şevket, hier ist es nicht wie in unserem Land, sei nicht stur und geh bitte zum Arzt."

Jedes Mal sagte er nachlässig:

„Ist schon in Ordnung Ismail, da ist nichts zu sorgen."

Und wenn ich ihm sagte, „Nicht um mich mache ich mir Sorgen, sondern um dich, Mann, so etwas lässt sich nicht vernachlässigen, sonst gibt es schwere Folgen", nickte er zwar voller Verständnis, sagte jedoch in einem gleichgültigen Ton:

„Mach dir doch keine Sorgen, mein Lieber."

„Um dich nur", sagte ich, „nur um dich sorge ich mich." Was ich sagte, ging aber zu einem Ohr hinein und zum anderen wieder raus. Schon bevor ich meinen Satz zu Ende sprechen konnte, ging er in die Knie und pflückte wieder Radieschen. Bloß um etwas mehr Geld zu verdienen, nach der Arbeit mit den Blumen auch noch Radieschen pflücken, dann bis in die späte Nacht, brachte weder mich noch ihn weiter. Im Gegenteil, es führte nur zu schweren Krankheiten. Für diese Arbeit würde ich in der Heimat niemals aufs Feld gehen. Denn man sagt dort, das sei keine Männerarbeit. Wenn einer sagen würde, „komm und pflücke Radieschen gegen Lohn", würde ich denken, er würde sich lustig über mich machen und würde ein Messer in seine Rippen stechen. Hier dagegen mussten wir betteln, um nach der Arbeit auch noch Radieschen pflücken zu dürfen. Wenn ich im Urlaub in mein Land fuhr, sagte ich immer: „Ich arbeite in einer Fabrik." Nun ist alles vorbei. Ich sehe heute, dass es keinen Sinn hatte. Was ist bei dieser Arbeit anders gewesen als bei anderen? Nichts. Meiner Meinung nach gibt es keinen Unterschied. Aber warum habe ich es denn verheimlicht? Der verfluchte Stolz! Dass dieser Stolz eigentlich keinen Sinn hat, begreifen wir leider erst viel später, wenn wir älter werden. Und wenn wir es begriffen haben, ist es zu spät. Oh Mann, die ganze Zeit stecke ich in diesem Teufelskreis. Was nützt es, wenn man Vergangenes in seinem Denken auffrischt? In einem Buch hatte ich gelesen, man sollte immer den Moment genießen, egal, wo man sich befindet und welche Zeit es ist. Das ist aber auch ersichtlich, oder?

Sie könnte nie so lange sitzen bleiben. Was ist wohl passiert? Sollte ich aufstehen und zu ihr gehen? Wäre es angebracht, wenn ich das tun würde? Was ist, wenn sie etwas sagt, was ich nicht verarbeiten kann?

III**

Heute ist er auch vor mir gekommen und sitzt

schon auf seinem Platz. Nun wird er auf mein Eintreten warten. Sein Blick wird abwechselnd auf mich und aus dem Fenster hinaus wandern, aber kaum verraten, dass er mich beobachtet. Ich werde mit heiserer, durch das viele Reden beanspruchter Stimme, die ich nur schwer aus meiner rauen Kehle ziehe, in einem sanften Ton „Guten Tag" sagen. Er wird sich beinahe aufrichten, die Jacke zuknöpfen und mir mit einer übertriebenen und schmeichlerischen Ehrfurcht, was ich als völlig unangenehm empfinde, einen guten Tag wünschen. Er wird all meine „Guten Tag" Wünsche, die ich in den Raum spreche, auf sich beziehen und wird stehend warten, bis ich zu meinem Platz gehe und mich hinsetze. Er wird dem Barmädchen winken, damit sie meinen ersten Kaffee bringt, den er auch bezahlen will. Das Mädchen wird dann sofort mit dem Spiel anfangen. Während sie die Kaffeetasse auf den Tisch stellt, wird sie mit ihrem bezaubernden Lächeln sagen: „Ihr erster Kaffee ist wie immer von Herrn Ismail." Dann wird es sich wieder zur Theke wenden, dabei ihren Rock schwenken, ihre weißen, geraden Beine zeigen und so tun, als wäre sie der bekannteste Star aller Bühnen.

Nein, so wird es nicht sein. Wir fangen von vorne an: Wenn ich das Lokal betrete, wird er so gucken, als würde er mich erst jetzt sehen. Er wird sich bereitmachen, um aufzustehen. Er wird darauf warten, dass ich lächelnd „Guten Tag" sage. Sobald er meine Stimme hört, wird er aufstehen. Während er seine Jacke knöpft, wird er mit seiner tiefen Stimme hastig auch „Guten Tag" sagen. Wenn ich mich zur Bar wende, wird sein Blick über meine Hüften – ob meine Hüften das Beste an mir sind – wandern, ich werde mich plötzlich umdrehen und lächeln. Mein Lächeln wird er für sich einschätzen und zurück lächeln. Während ich mit dem Barmädchen rede, wird er hinausschauen und so tun, als würde er nicht lauschen. Hin und wieder wird sich sein Blick auf meine Hüften richten. Ich werde mich plötzlich umdrehen und seinen schüchternen Blick erwischen. Er wird bis zu seinem kurzen und dicken Hals erröten. Um seine Scham zu verbergen, wird er ein vermeintliches Lächeln auf seine Lippen setzen. Abhängig von meinem Gesichtsausdruck, wird sein Lächeln entweder erstarren oder sich auf seinem Gesicht ausbreiten. Hastig wird er dem Mädchen winken und wenn sie kommt, fragen:

„Kann ich noch einen Kaffee haben?"

Das Barmädchen wird so tun, als hätte sie ihn gerade erst gehört, sie wird lächelnd den Kopf senken. Während sie den Aschenbecher vom Tisch wegnimmt, wird er ihr zuflüstern:

„Madames erster Kaffee geht auf mich!"

Das Mädchen wird zwinkern, denselben Trick anwenden und aufgeblasen umher stolzieren.

Wenn sie hinter die Theke geht, wird sie sofort nach meiner Kaffeetasse suchen. Dann wird sie sie irgendwo heraus kramen. Während sie meinen Kaffee einschenkt, wird er auf ihn zeigen und sagen: „Ihr erster Kaffee geht auf Herrn Ismail!", dabei wird sie auf die Lippe beißen.

Ich werde warten, ohne den Rücken zu drehen. Dann werde ich Anstalten machen, als würde ich es nicht wollen. Sein Blick wird meinen Hals liebkosen. Während das Mädchen nach meinem Kaffee seinen in die Tasse einschenkt und zu ihm bringt, werde ich mich langsam umdrehen, ihm erst zuzwinkern und dann für den Kaffee danken. Er wird auf diesen Moment gewartet haben, um sofort aufzustehen und an die Knöpfe seiner Jacke zu greifen und meinen Dank zu erwidern. Er wird sich dabei aufregen. Während ich ihn in seinem aufgeregten Zustand betrachte, werde ich mich auch aufregen. Meine Brüste werden voller Lust anschwellen. Da er sich schämt, wird er meine geschwollenen Brüste nicht anschauen. Ich werde versuchen seinen Blick einzufangen, die nach einem Versteck suchen. Während er seine Blicke verlegen abwendet, werde ich mich beharrlich fragen: „Ist es wohl seine Schüchternheit, was ich so an ihm mag?" Geknickt wird er aufstehen und zur Toilette gehen, das Barmädchen wird sich hinterhältig über unsere Liebeszeichen lustig

machen. Ich werde wieder ernst werden und so tun, als würde ich sie ignorieren. „Kann es sein, dass ich ihre Arbeit bemängele, da ich mich über ihr hinterhältiges Lächeln ärgere?", werde ich mich dann fragen. Sie wird ihre gemeine Haltung weiterhin behalten, obwohl sie die Konsequenzen kennt. Mit einer Empfindlichkeit, weil ich ja älter als sie bin, werde ich ihr Fragen stellen:
„Sind alle Bestellungen schon da?"
Sie wird ihr Lachen unterdrücken müssen.
„Bereits eingetroffen!"
„Ist die Reinigung erledigt?"
„Ja, fertig."
„Wo hast du die Post hingetan? Wo sind die Zeitungen?"
„Sie sind alle am üblichen Platz!"
Seit Tagen hat sich gar nichts in ihren Antworten geändert. Sie erwidert immer mit denselben Worten. Anders ist bloß der Ton ihrer Stimme an manchen Tagen, an denen sie sich mit ihrem Freund gestritten hat. Auch wenn sie ihre Stimme nicht ändert, kann man es von ihrem Gesicht ablesen. Zwei Tage später, wenn sie sich wieder mit ihm versöhnt hat, glaubt sie fest, auf dieser Erde gäbe es keinen anderen Mann als ihren Freund.

Während ich an den Tisch gehe, auf dem meine Zeitungen liegen, wird er seinen flüchtigen Casanova-Blick wieder über meine Hüften gleiten lassen. Mann, wo warst du denn bis heute? Warum haben wir uns nicht getroffen, als ich noch ein junges Mädchen war? Hättest du mich schon damals kennengelernt, hätte ich nicht nur dein Herz höher schlagen lassen wie jetzt, sondern ich hätte dich auch richtig umgehauen. Dass meine Hüften jetzt seine Aufmerksamkeit erregen, hängt vielleicht mit meinem Gang zusammen, den ich mir einst als Model angewöhnt hatte und der wahrscheinlich noch Spuren aus dieser Zeit aufweist. Wenn es nicht so wäre, würde er nicht auf meine Hüften starren, ohne meine gehobenen Brüste zu übersehen. Vielleicht streift dein Blick hinter jeder Frau, die du siehst. Vielleicht aber hast du gar keine Hintergedanken und ich nehme alles so wahr, wie ich es gerne hätte. Ohne dich verstanden zu haben, versuche ich in meinen Gedanken ein „Du" aus dir zu erschaffen. Vielleicht kommst du hier nur vorbei, um ein paar Worte zu wechseln und suchst bloß eine Freundschaft, in der du über alles reden kannst, was mit deiner Frau kaum möglich ist. Eine Unterhaltung, die deinem Leben einen Sinn verleiht. Vielleicht erwartest du diese Freundschaft von mir, du möchtest sie mit mir schließen.

Mir wäre es lieber, wenn du meinen ersten Kaffee nicht bestellen würdest. Bis zu diesem Moment wächst du in mir. Aber da, wo du ihn bestellst, bricht der Zauber, ich bekomme das Gefühl, du hältst mich für käuflich. Und das geht

mir nicht aus dem Kopf, bis du das Lokal verlässt. Und je mehr ich daran denke, schaffe ich es nicht, dir näher zu kommen. Heute werde ich dich aber nicht in Ruhe lassen, egal ob du mich zum Kaffee einlädst oder nicht. Sobald ich diese Zeitungen durchgelesen habe, werde ich mich zu dir setzen. Ohne deine Verlegenheit und dein Rotwerden zu beachten, werde ich fragen:
„Wie heißt du?"
„..."
„Aus welchem Land kommst du?"
„..."
„Was bist du denn für einer?"
„..."
„Was machst du?"
„..."
„Deine Frau, deine Kinder?"
„..."
Nein, es wird kein Verhör sein, ich werde so reden, dass ich dich dabei zu verstehen versuche. Dann werde ich fragen: „Magst du heute Abend mit mir ausgehen?"

III***

Gestern Abend brachte unser jüngster Sohn das schwarze Mädchen nach Hause. An einer Heirat scheint er nicht sehr interessiert zu sein, aber da er sie uns vorgestellt hat, denke ich, dass ihm diese Beziehung ernst ist. Die Schwarze ist wie ein echter Kaltblüter, Maschallah[3]. Vielleicht bringt sie unseren Jungen zur Vernunft. Eigentlich habe ich den Eindruck, dass er schon etwas vernünftiger geworden ist. Sie sieht nicht so aus wie ein Disco-Mädchen oder so, wie ich vorher dachte. Unser Junge hat ihr beigebracht „baba"[4] zu sagen, allerdings gab sie sich große Mühe, um mich mit „bübehh" anzureden. Zuerst wollte meine Frau nicht ins Wohnzimmer kommen, aber dann überlegte sie es anders. Sie kam und gab ihr auch die Hand. Das Mädchen sah warmherzig aus… O Gott, die ganze Zeit denke ich schon an unseren kleinen Sohn. Irgendwann muss aber Schluss sein. Ich werde mich jetzt umdrehen und sie anschauen. Egal, ob sie ihre Zeitungen zu Ende gelesen hat oder nicht, werde ich zu ihr gehen, um sie näher kennenzulernen. Wenn sie mich zurückweist, ist auch kein Problem, heute werde ich auf jeden Fall versuchen mit ihr zu sprechen. Sie ist ja ganz anders als unsere Frauen. Wenn sie nicht reden möchte, bedankt sie sich und sagt dann, sie möchte nicht sprechen. Dann komme ich auf meinen Platz zurück und setze mich wieder hin. Es wird wohl nicht zu einem großen Krach mit Messer und Blut kommen, oder?

3 Im Sinne von: „toi, toi, toi"
4 Türkisch: Vater

III****

Mir hat er von Anfang an gefallen. Warum bin ich bis jetzt nicht hingegangen und habe mit ihm gesprochen? Nicht nur er leidet unter Einsamkeit, ich eigentlich auch, ist es denn nicht so? Ich habe so viele Menschen um mich herum, aber ich fühle mich meistens einsam. Vielleicht nicht so sehr wie er, aber im Allgemeinen rede ich, um Fragen zu beantworten oder den anderen Fragen zu stellen. In der Tat möchte ich manchmal über alles reden. Ohne etwas zu verbergen. Ich möchte auch über das reden, was ich bis jetzt mit niemandem geteilt habe. Sogar meine Geheimnisse möchte ich teilen, die ich immer für mich behielt. Aber wie denn? Ich erinnere mich jedes Mal an meine Mutter, wenn ich so einen Wunsch habe. Sie war ein offener Mensch und erzählte alles. Ging sie wohl deshalb so früh von uns, weil sie so offenherzig war, oder war die schlechte Nachkriegs-Stimmung meines Vaters der Grund dafür? Ich bilde mir ein, ich würde auch so früh sterben, wenn ich wie sie über alles spräche. Aber heute will ich diese Angst überwinden. Sobald ich einen Blick auf die letzten Seiten der Zeitung geworfen habe, werde ich zu ihm gehen. Ich denke, es ist jetzt so weit, dass wir dieses Schweigen brechen. Ich werde ihm sagen: „Rede doch, was immer du möchtest."

Der Tod des Stars

Vor vielen Jahren habe ich einen Star erschossen. Im Sterben flatterte er noch. Dass ich Jahre später genauso wie dieser Star flatternd sterben könnte, wäre mir niemals in den Sinn gekommen. Als ich den toten Vogel in das Loch legte, das ich mit dem Lauf meines Gewehrs gegraben hatte, hörte ich die Klageschreie der jungen Vögel, die in ihrem Nest auf Nahrung warteten. Nun kommen vielleicht meine Kinder an die Reihe. Wenn sie hören, dass ich in diesen fremden Bergen begraben bin, werden sie sicher auch so laut weinen. Als der arme Star zu Boden stürzte, flatterte er noch. Damals konnte ich nicht verstehen, warum er so flatterte. Heute weiß ich aber ganz genau, wie schwer es ist den Tod hinzunehmen. Wäre der Tod leicht hinzunehmen, ließe sich dann fragen, ob der mächtige Gilgamesch jemals nach der Insel der Unsterblichkeit gesucht hätte, nachdem Enketu, der Riese, umgekommen war.

Irgendwann drückte mir jemand mit beiden Händen die Kehle zu, jedenfalls war das mein Gefühl. Meine Lungen fühlten sich an, als würden sie bersten. Ich spürte den Tod schon ganz

nah. Ich fürchtete mich. Panisch drückte ich mit aller Kraft den Arm meines neben mir liegenden Mitfahrers. Weil ich ihm weh tat, wachte er mit einem Ruck auf. Sobald er wach war, schlug er mir kräftig ins Gesicht und schrie:
„Was machst du denn da, du Blödmann!"
Ich schrie auch, soweit meine Stimme es erlaubte:
„Ich ersticke."
Der Mitfahrer kniete sich hin und sah mich einmal an. Als er meinen schlimmen Zustand bemerkte, klopfte er zweimal an die Metalltrennwand zwischen uns und dem Fahrersitz. Das war unser Verständigungszeichen. Falls einer von uns ein Problem hatte oder erkranken sollte, sollte er zweimal klopfen. Und falls sie an einer Tankstelle anhalten sollten, würden sie von draußen dreimal klopfen, damit wir uns nicht bewegten und still blieben. Immerhin, als wir bereit waren, diesen zylindrischen Raum zu betreten, warnten sie uns im Vorhinein: „Vergesst die frische Luft und den Toilettengang während der Fahrt!" Ich wusste nicht, was sie damit meinten. Jetzt aber weiß ich es.

Der Mann an meiner Seite wischte mir mit einem Taschentuch das Gesicht ab, so gut er es per Hand befeuchten konnte. Mein Körper fühlte sich wie ein nasser Sack an. Ich konnte weder die Arme noch die Beine bewegen. Da ich fast so starr wie eine Leiche dalag, erkannte er den Ernst meiner Lage und regte sich auf. Mit seiner Faust schlug er wieder zweimal heftig gegen die Metalltrennwand. Dieser Lärm weckte das Paar auf, das zu unseren Füßen lag. Der Mann machte die kleine Laterne an, die er bei sich hatte. Das blassgelbe Licht, das mir ins Auge fiel, verlieh mir ein wenig Kraft. Mein Gesicht musste so bleich gewesen sein, dass die Frau aufschrie, als sie mich sah. Sie näherten sich mir beide auf den Knien. Sie bewegten meine Arme und Beine. „Macht bloß keinen Lärm!", sagten die anderen. Aber dann, als alle den Ernst meiner Lage begriffen hatten, schwiegen sie wieder. Ich wandte meinen Blick den Menschen zu, deren Gesichter ich im blassgelben Licht der kleinen Laterne zu erkennen versuchte. Eine Stimme, die aus der Tiefe kam, fragte: „Habt ihr denn kein Signal gegeben?" Dann beantwortete er selbst seine Frage: „Tja, was würde das denn nützen? Weder hören sie zu, noch halten sie an. Wer weiß, wie viele von uns sie schon in diesen Bergen begraben haben." Ich konnte fast alle Gesichter erkennen, aber derjenige, der zuletzt sprach, sah aus, als würde ihm das Körperteil über den Schultern fehlen. Ob sein Kopf im Dunkeln verschwunden war, oder wirklich nicht existierte, konnte ich nicht entscheiden. Ich fragte mich, ob er etwa der Sensenmann sei. Wie man behauptet, soll der Todesengel in unterschiedlichsten Gestalten auftauchen, um Leben zu nehmen. Mein Sensenmann war nun vielleicht als Mann ohne Kopf gekommen. Dieser Gedanke ließ meine Angst wachsen. Ich unternahm einen letzten Versuch mich aufzurichten. Aber ich konnte mich kaum bewegen. Ich dachte, der Sensenmann würde sich mir langsam nähern und bangte, dass so die Ewigkeit des Todes nach mir greifen würde. Langsam rannen mir Tränen aus den Augen. Als der Atem des Todes, der einem tiefen Loch ähnelte, mein Gesicht streifte, fiel ich zitternd in Ohnmacht.

„Ein Foto wird benötigt, Bruder...
So klein wie der Kopf eines Stars muss es sein."
„Ein Passfoto?"
„Keine Ahnung."

Die Frau hatte Eau de Cologne dabei. Ich wachte auf, während ihr Mann mir Eau de Cologne vor die Nase hielt. Nun fiel mir wieder das blassgelbe Licht der Laterne, die die Frau in der Hand trug, in die Augen. Durch dieses Licht belebte sich mein Blick wieder etwas. Ich hatte die Todesangst vergessen. Anscheinend ließ sich die dicke Luft im Raum durch die Wirkung des Eau de Cologne vertreiben. Ich begann wieder tief zu atmen. Mit einer dünnen, zwischen den Lippen geschmolzenen Stimme bat ich sie um etwas mehr von dem Eau de Cologne. Die Frau schüttete noch etwas in meine Handfläche. Ich rieb mir das Eau de Cologne ins Gesicht. Dann richtete ich mich auf meine Arme stützend langsam auf. Durch die frische Luft, die ins Innere eindrang, kam ich endlich zu mir. Das Paar half mir beim Aufstehen. Ich streckte meinen Kopf durch den offenen Deckel und atmete viel frische Luft ein. Außer frischer Luft drang auch ein dünnes Licht durch das Loch über uns ein in unseren zylindrischen Raum. Mit neuem Lebenswillen verflüchtigte sich auch meine Erschöpfung in kurzer Zeit. Ich konnte meine Hände, Arme und Beine wieder selbst bewegen. Irgendwann stolperte ich aber und stürzte. Dabei entstand ziemlich viel Lärm. Von draußen kam eine warnende Stimme:

„Stampft doch nicht wie Maultiere!"

Sobald sie den Deckel wieder schlossen, wurde es stockdunkel im Raum. Keiner von uns würde bemerken, wenn wir uns gegenseitig die Finger in die Augen stecken würden. Von meinem Liegeplatz aus lauschte ich eine Weile dem Geräusch des schnell laufenden Motors. Als mir der Geruch von verschiedenen Speisen, der sich im Raum verbreitete, in die Nase stieg, bekam ich Hunger. Aus der Plastiktüte neben mir holte ich etwas zu essen, aber nach ein paar Bissen wurde es mir übel. Ich packte meinen Proviant wieder zurück in die Tüte. Nachdem sich mein Magen etwas beruhigt hatte, versuchte ich einen Apfel zu essen, aber selbst das schaffte ich nicht. Einige Zeit später fühlte ich mich wieder müde. Dann kam mir wieder der Mann in den Sinn, den ich mit dem Sensenmann verglich. Hatte er wirklich nichts über den Schultern oder konnte ich es bloß nicht sehen? Beim Grübeln wurde mir mulmig zumute. Ich bildete mir ein, falls ich meine Augen schließen würde, würde dieser Mann zu mir kommen, sich auf meine Brust setzen und mich mit den Händen würgen. Wieder überkam mich eine große Müdigkeit. Ich muss dann eingeschlafen sein. Als ich nach einer Weile aufwachte, hatte ich alles vergessen. Nachdem ich etwas gegessen hatte, fing ich wieder zu grübeln an und dachte über den Beginn meiner Reise nach. Als ich mich entschlossen hatte wegzugehen, eröffnete ich das zuerst meinem Vater und fragte ihn um Rat. Mein Vater ignorierte meine Frage und senkte seine Blicke zu Boden.

„Lass uns doch nicht so allein zurück!", sagte er dann.

„Die anderen sind aber noch da."

„Jeder hat seinen eigenen Platz, du deinen, die anderen ihre eigenen."

„Bei meinem Bruder hattet ihr aber nichts auszusetzen, als er wegging."

„Er musste gehen!"

„Warum sollte ich denn nicht gehen?"

Meine Frage blieb wieder unbeantwortet. Er rief nur hinter mir her, als ich aus dem Zimmer gehen

wollte: „Von mir hast du keine Einwilligung. Gutes oder Böses, was auf dich zukommt, dafür bist du allein verantwortlich." Nach diesem Tag sprach mein Vater nie mehr mit mir. Er vermied es sogar mit mir allein im Haus zu sein.
Ich bat meinen Bruder um Geld. Er sagte, er könnte nicht den ganzen Betrag überweisen.
„Du bist gegangen und hast dich gerettet. Wir dagegen fristen hier unser armseliges Leben", sagte ich beharrlich. Mein Bruder wurde sehr wütend. Nach einer Schweigepause sagte er:
„Über so viel Geld verfüge ich nicht, ich bin selbst in finanzieller Not. Ich kann dir so viel Geld schicken, wie mein Budget noch hergibt, den Rest musst du dir irgendwo anders besorgen. Allerdings sollte dir eins klar sein: Wenn du hierherkommst, gibt es keine Bruderschaft oder so, kapiert? Ich verlange mein Geld bis auf den Cent zurück!" Bevor er auflegte, fügte er hinzu: „Komm erstmal hierher, dann wirst du sehen, was armseliges Leben wirklich bedeutet!"
Ich merkte, wie wütend er war, deshalb widersprach ich ihm nicht.
Als meine Mutter davon erfuhr, dass ich nach Holland gehen wollte, nervte sie mich tagelang mit höhnischen Bemerkungen:
„Ob das eine gute Idee war, dass dein Bruder weggegangen ist? Was hat er denn erreichen können? Wie kannst du deine Kinder zurücklassen

und weggehen? Ihr glaubt, es sei eine gute Tat, Töchter fremder Leute als Ehefrauen nach Hause zu bringen, um sie dann mit zwei Kindern einzusperren. Ein echter Mann übernimmt die Verantwortung für seine Kinder und lässt das Bett seiner Frau nicht leer stehen."

Ich ignorierte alles, was meine Mutter sagte. Ich hatte keine Lust mehr im Weinberg, im Garten oder auf dem Feld zu arbeiten. Mein einziger Wunsch war, so schnell wie möglich aus diesem Dorf herauszukommen. Sobald mein Bruder das Geld überwies, sorgte ich für den Rest, wobei ich überall Schulden machte. Als es endlich soweit war, brach ich eines Tages in aller Stille auf. Ich hatte mich nicht einmal von meiner Frau verabschiedet. Auch sie hatte sich jeden Abend vor dem Schlafengehen beklagt: „Was willst du denn in der Fremde tun? Zu Hause haben wir doch täglich eine Schüssel heiße Suppe, egal, ob wir arbeiten oder nicht. Was wollen wir mehr?" Was sie sagte, ging mir in das eine Ohr hinein und durch das andere wieder heraus. Nicht einmal auf meine Eltern hatte ich gehört. Wieso sollte ich die Worte der Tochter fremder Leute beachten?

Nachdem ich die Passangelegenheiten in meiner Provinz erledigt hatte, fuhr ich nach Istanbul. Es dauerte ein paar Tage, bis ich einen Vermittler fand. Wir haben uns auf sechstausend Dollar geeinigt. Der Mann hielt mich zwar eine Weile auf und sagte mir stets: „Du bist noch nicht dran", aber ich ließ ihn kaum in Ruhe. Jeden Tag ging ich zu ihm, um zu fragen, ob ich an die Reihe gekommen sei. Endlich, als er merkte, er würde mich wohl nie loswerden, sagte er, „Gut, komm morgen!" Hätte ich mich nicht so sehr darum gekümmert, würde ich wahrscheinlich bis zum Jüngsten Tag warten müssen. Es war auch klug von mir, dass ich die Hälfte des Geldes behalten hatte. Sechstausend Dollar sind doch eine ungeheure Menge Geld, oder?

Als mir diese Erinnerungen durch den Kopf schossen, ermüdeten meine Lungen wieder. Ich bekam keine Luft. Ich hatte das Gefühl wieder in ein tiefes Loch zu fallen. In Ohnmacht soll ich wie ein schlaffer Sack auf meinen Mitfahrer gefallen sein. Als er mich wegschubste, kam ich zu mir. Schwer atmend guckte ich mich in unseren zylindrischen Raum um. Ein Teil des riesigen Tankwagens war mit einer Blechwand abgetrennt und in diesen kleinen Raum verwandelt worden. Dieser zylindrische Raum bot eigentlich nur Platz für vier Personen, aber wir waren zehn. Abgesehen von dem Paar, das zu unseren Füßen lag, lagen wir alle Rücken an Rücken, Brust an Brust. Nie hätte ich gedacht, dass ich in einem Tanklaster reisen würde. Ich hätte mir eher eine Reise auf dem Schiff oder in einem Lastwagen vorgestellt.

Mein Hals wurde ganz trocken. Ich konnte nur

schwer atmen. Aus meinem Körper floss Schweiß. Es war, als würde man mir die Kehle zudrücken und gleichzeitig die Lungen mit einer Zange auseinanderreißen. Als meine Augen zu schielen begannen, schüttelte ich mit aller Kraft den Mitfahrer neben mir.

„Was gibt es denn schon wieder?", fragte er mit müder Stimme.

„Ich schwöre, ich ersticke wieder", sagte ich mit einem Knurren.

Als ich merkte, dass er sich nicht rührte, grub ich meine Fingernägel in sein Fleisch. Er sprang auf. Bevor er etwas sagen konnte, rief ich:

„Huh!"

„Huh, ich verrecke hier doch!"

Ungern erhob er sich auf die Knie. Dann schlug er zweimal an die Metalltrennwand. Danach legte er sich wieder hin. Ein Husten stieg mir direkt in die Kehle und blieb da stecken. Ich konnte weder husten noch den Husten runterschlucken. Während ich dagegen kämpfte, schlug ich mit meinem Ellbogen unwillkürlich den Mitfahrer an meiner Seite. Voller Schmerz sprang er von seinem Sitz auf. Sobald er oben war, boxte er mit aller Kraft seines Armes in meine Brust. Dieser Faustschlag änderte meine Position und ließ den Husten, der mir im Hals stecken geblieben war, wieder raus. Als ich Luft bekam, rief ich wieder mit schwacher Stimme: „Ich sterbe!" Endlich be-

griff er den Ernst meiner Lage. Er ging wieder auf die Knie und schlug zweimal kräftig gegen die Metalltrennwand. Als er sich wieder neben mich legte, sagte er: „Kerl, was hast du denn für verfaulte Lungen!"
„Diese Fotos sind zu groß, Bruder.
Ich brauche ein kleines Foto von der Größe eines Starenkopfes."
„Diese Passbilder sind aber die kleinsten."
„Es muss noch kleiner als ein Passbild sein, Bruder."
Offensichtlich waren meine Lungen so geschädigt, dass mir sehr oft der Atem ausging. Sogar diese Frau, die zu meinen Füßen lag, musste bessere Lungen haben. Bis jetzt dachte ich, Frauen wären schwächer als Männer, was anscheinend ein Irrtum war.
Mit einem Druck auf der Brust atmete ich nur schwer und stöhnend. Ab und an verging das Licht vor meinen erschöpften Augen, und ich tauchte in die Welt der Dunkelheit ein. Andererseits wiederholte ich die Worte des Mannes, dessen Gesicht ich nicht sehen konnte: „Wie viele von uns sind schon in diesen Bergen begraben worden..." Als ich verzweifelt meine Hand nach dem Mann neben mir ausstrecken wollte, kam frische Luft herein. Sobald ich das Bewusstsein wiedererlangte, stand ich auf. Ich streckte meinen Kopf bis zum Deckelloch und holte tief Luft. Trä-

nen traten mir in die Augen, als ich Luft holte. Während ich meine Tränen abwischte, erfüllte ein Knurren, das ich noch nie zuvor gehört hatte, unseren zylindrischen Raum.

„Was seid ihr denn für Weicheier! Was zur Hölle klopft ihr ständig an die Wand? Jetzt ist aber Schluss, ab jetzt wird nicht mehr angehalten."

Als die Stimme nicht mehr hörbar war und die frische Luft nachließ, kam ich zur Besinnung. Drinnen war es kalt geworden. Wahrscheinlich passierten wir gerade hohe Berge. Denn so kalte und saubere Luft konnte es nur in den Gipfeln der Berge geben. Als ich mich wieder auf die dünne Matratze aus Schaumstoff legte und mich aufzuwärmen versuchte, dachte ich an die Worte des Mannes zurück: „Ab jetzt wird nicht mehr angehalten." Es hieß also, dass das Zielland nicht weit weg war und wir es erreichen würden, sobald wir diese Berge passierten. Bei dem Gedanken, die Reise würde langsam zu Ende gehen, füllte sich mein Herz mit Freude. Ich versuchte mir Mut zu machen, indem ich mir wiederholt wünschte, meine Lungen sollten bitte so lange durchhalten! Einige Zeit verweilte ich mit diesem Gedanken. Drinnen wurde es schnell wieder warm. Ich fror nicht mehr. Mein Körper entspannte sich. Ich muss dann eingeschlafen sein.

Als ich aufwachte, waren alle schon wach und aßen etwas. Der Mann neben mir sagte:

„Komm, mach dich fertig!"

Vor Aufregung verlor ich die Sprache. Ich konnte kein einziges Wort sprechen. „Holland, warte auf mich!", konnte ich nur im Stillen sagen.

„Diese Fotos sind riesig, Bro..."

„Das sind unsere kleinsten Fotos."

„Die nützen mir nichts, Bro..."

„Wieso denn?"

„Es ist größer als das Foto auf dem Ausweis meines Bruders, den er von der Gemeinde bekam. Es passt gar nicht darauf."

Das Schattenmädchen

Als sie ihren Blick von der Stelle abwandte, die sie schon seit Stunden beobachtete, lag ihre Hand noch in meiner Hand. Eine Weile ließ sie sie nicht los, sie schaute mir auch nicht ins Gesicht. Ihre Hand war kalt, dennoch fühlte ich eine Wärme, die von ihren Fingerspitzen in mein Herz strömte. Sobald ich dieses verrückte Verlangen in meinem Blut verspürte, begann ich ihre Fingerspitzen zu streicheln. Ich musterte ihr Gesicht, während meine Hand sanft über ihre Fingerspitzen glitt. Ihr Gesicht hatte sich nicht verändert. Es war immer noch dasselbe junge Gesicht. Die vielen Jahre hatten keine Spuren hinterlassen. Nur ihr Blick war etwas abgekühlt. Aus einem unwiderstehlichen Gefühl führte ich ihre Hand an meine Lippen. Kurz bevor meine Lippen ihre Haut berührten, fürchtete ich, ihre Haut bliebe an meinen Lippen haften. So stieß ich ihre Hand, die ich so nah an meine Lippen geführt hatte, schnell wieder zurück, ohne sie aber loszulassen. Ich befürchtete nämlich ihre Hand nie wieder berühren zu können, wenn ich sie nun loslassen würde. Während ich mich in diesem Gedankenkarussell drehte, öffneten sich ihre Lippen nach stundenlanger Pause zum ersten Mal:

„Gefällt dir das Haus?"

Ohne ihre Hand loszulassen, betrachtete ich die Meerestrauben im Garten. Sie sahen verfault aus, aber keine einzige Traube war von ihrem Ast gefallen. Vielleicht warteten sie darauf, dass wir unter ihnen durchgingen, um dann erst abzufallen. Als ich mich umdrehte, und einen Blick in das große Wohnzimmer des zweistöckigen Hauses warf, bemerkte ich, dass sie näher an mich herangerückt war. Ihre vorhin noch so kalte Hand begann sich langsam zu erwärmen.

„Gefällt dir das Haus?", fragte sie wieder.

„Schön" sagte ich nur.

Als sich unsere Blicke trafen, fiel mir ein seltsames Lächeln auf ihren Lippen auf, das ich mir nicht erklären konnte. Eine Minute lang hatte ich das Gefühl, sie würde gleich aus vollem Halse lachen. Aufgeregt wartete ich ab. Wenn sie wieder in Gelächter ausbrechen sollte, würde sie kreideweiß werden. Aber das Lachen, das sich auf ihren Lippen ausbreiten wollte, verschwand wieder zwischen ihren Zähnen, so schnell, wie es gekommen war. Ihr Blick richtete sich wieder auf die Stelle, die sie beobachtete, bevor ich ihre Hand in meine nahm. Gerade als ich dachte, es sei jetzt vorbei, spürte ich, wie sich ihre Finger in meiner Hand heftig zu bewegen begannen. Nach all den Jahren hätte ich am liebsten laut gelacht, anstatt Feuer in meinem Herzen zu nehmen. Ich beherrschte mich aber. Denn ich wusste, dass der Zauber des Augenblicks, sobald sie meine Stimme hörte, zerstört und wie ein Glashaus zerbrechen würde. Während ich mir auf die Lippen biss, um kein Geräusch zu machen, richtete sie sich plötzlich auf. Sie wandte sich zur Treppe, als hätte sie das Haus nie verlassen. Nach zwei Schritten drehte sie sich um. „Komm, lass uns einen Rundgang durch das Haus machen!", rief sie mir zu, wie zu einem Geist. Sie ging Richtung Treppe am anderen Ende des Korridors.

Ich dachte, wenn ich ihr nun nicht folgen würde, würde sich ihr Arm von der Schulter abreißen und ihre Hand bliebe für immer in meiner Hand. Voller Angst folgte ich ihr mit schnellen Schritten. Meine Angst wuchs, als wir das dunkle Wohnzimmer betraten. Sie durchschritt es aber, wie bei unserer ersten Begegnung vor Jahren, hüpfend und voller Schwung. An den unordentlichen, muffig riechenden Möbeln vorbei, durchquerten wir das längliche Wohnzimmer. Auf der dritten Stufe der Treppe zur zweiten Etage angelangt, drehte sie sich um, ließ meine Hand los und stieg die Stufen schnell wieder hinab. Ich dachte, das wäre nun ein neues Spiel, das sie spielen wollte. So beschloss ich ihr zu folgen. Sie bemerkte es und hielt an. Ihren

Kopf leicht auf die Seite gedreht, sah sie mich über ihre Schulter an.
„Komm bitte nicht, bleib auf der Treppe stehen!", sagte sie.
Unten auf der letzten Stufe blieb ich stehen. Während sie lief, beobachtete ich ihre schwingende Hüfte, die so aussah, als würde sie an ihrer engen Taille kleben, die von ihren breiten Schultern nach unten schwebte, oder sie war von einer anderen Leiche ausgeliehen. Kaum hatte sie ein paar Schritte gemacht, begann sie zu laufen. Sie blieb vor der Tür gegenüber der Treppe, die ins Wohnzimmer führte, stehen. Dann kehrte sie zurück. Sie blickte zuerst auf das Fenster, durch das sie vorhin in den Garten schaute; dann auf mich. Als sie mich bewegungslos auf der Treppe stehen sah, legte sie ihren Finger auf die Lippen und forderte mich auf still zu sein: „Pssst!" Sie drehte sich dann um und drückte den Griff der Küchentür, vor der sie stand, vorsichtig nach unten. Danach schob sie die Tür mit aller Kraft nach innen. Sobald sich die Tür öffnete, stürzte sie in die Küche, die in ihrer Dunkelheit bodenlos schien. Ich erschrak, als die Tür krachend gegen die gegenüberliegende Wand stieß und sich von selbst wieder schloss. Aus dem Inneren drang das Scheppern eines riesigen Kessels. Der Deckel, der vom Topf fiel, schlug gegen ein Metallteil und rollte mit leicht klirrendem Geräusch zu Boden. Dem

Geräusch konnte ich entnehmen, dass es auf etwas Weiches fiel. Ich wollte durch diese Tür rennen und herausfinden, was drinnen passiert war, aber sie hatte mir gesagt, „Komm bitte nicht!" Ob ich eher Angst hatte sie zu verlieren, wo ich sie nach Jahren wieder getroffen hatte, oder davor, dass sie mich mitnehmen wollte, war mir nicht klar. So blieb ich auf der Treppe stehen, ohne mich zu bewegen.

Etwas in der Hand schwenkend, machte sie die Tür ganz weit auf, durch die sie gerade gegangen war, und kam wieder zurück. Zunächst konnte ich nicht erkennen, was sie in der Hand hielt. Als ich mich ihr etwas näherte, merkte ich, dass es eine Ratte war, die sie in der Luft schwenkte. Vor Schreck fing ich an zu zittern. In dem Moment fragte ich mich, ob ich nicht sofort die Treppen hochgehen, durch das erste Fenster hinunterspringen und das Haus verlassen sollte. Mein Körper fühlte sich jedoch so schwach an, dass ich mich kaum noch zu bewegen vermochte. Nach ein paar Schritten drehte sie sich um und warf die Ratte, die sie an ihrem Schwanz hielt, auf mich. Meine Knie gaben nach, ich ging in die Knie und schützte mein Gesicht mit beiden Händen. Die Ratte, die meine Haare berührend über meinen Kopf flog, krachte gegen das Treppengeländer und fiel auf den Holzboden. Ich wagte es nicht einmal ihr ins Gesicht zu sehen. Sie näherte sich

mir. Aufmunternd strich sie mir mit ihren Fingerspitzen durch die Haare. Meine Hände nahm ich vom Gesicht weg. Ich schaute ihr in die Augen. Ohne auf mich zu achten, zeigte sie auf die Ratte, die gerade auf den Boden fiel und sagte: „Ich fand sie im großen Kessel. Wer weiß, wie lange sie schon da drin gelegen hat?"
Ich schaute ihr bloß zu. Vor lauter Ohrensausen konnte ich kaum verstehen, was sie sagte. Es schien, als hätten sich ihre Worte so wie ihr Atem in ihrem Mund zwischen den Zähnen verflüchtigt. Sie reichte mir die Hand, mit der sie den Schwanz der Ratte angefasst hatte und hielt meine. Ich zog meine Hand heftig zurück, aber sie ließ sie nicht los. Mich am Arm ziehend, stieg sie wieder die Treppen hoch. Wie Räucherstäbchen, die sich selbst entzünden, erwärmte sich auch langsam ihre Hand. Während ich hinter ihr die Treppe hochstieg, spürte ich, wie die Wärme von ihrer Hand erst in meine Hand und dann in meine Schulter floss. Meine Hand wurde langsam so heiß, als würde sie glühen. Ich war stumm, konnte kein Wort hervorbringen. Ich verlor die Besinnung, ob aus Angst oder wegen des Vorfalls, war mir nicht klar, ich wusste nicht einmal mehr, ob ich noch atmete oder nicht. Ungeachtet meines Zustands stieg sie hoch, wobei ihre schwingenden Hüften eine gelbe Hitze ausstrahlten, und rief plötzlich mit stark erregter Stimme:

„Komm schnell, beeil dich doch!"
Da ich erkannte, dass mein Herz diese Aufregung nicht mehr ertragen könnte, zog ich meine Hand schnell von ihr weg. Empört drehte sie sich um und ergriff sie schnell wieder. Während sie meinen Arm heftig zu sich zog, erzählte sie:
„Gleich am Fuß der Treppe ist ein Zimmer, auf der linken Seite. Seine Tür ist aus Mahagoniholz geschnitzt. So eine schöne Tür hast du vermutlich nirgendwo gesehen. Das Holz soll aus Indien stammen. Ich weiß nicht, was mich daran anzog, aber ich schaute sie mir immer voller Begeisterung an und konnte nicht genug davon sehen. Was hinter dieser Tür war und was sie dort taten, interessierte mich natürlich auch. Aber es war uns strengstens verboten, dieses Zimmer zu betreten. Wenn meine Eltern morgens aus ihrem Schlafzimmer kamen, sahen sie mich manchmal vor der Tür stehen. Meine Mutter ärgerte sich jedes Mal sehr, wenn sie mich beim Betrachten der Tür erwischte. „Schon wieder?", fragte sie wütend. Dann verabreichte sie mir eine Ohrfeige und wollte wissen: „Hast du etwa reingeguckt?" Ihre Stimme klang furchterregend.
Mit ängstlicher und weinerlicher Stimme versuchte ich ihr zu erklären, dass ich mich der Tür gar nicht genähert, geschweige denn, ins Innere geschaut hätte, aber meine Mutter glaubte mir nicht, nach zwei weiteren Ohrfeigen eilte sie laut

schimpfend die Treppen hinunter. Auf der letzten Stufe hielt sie an der Stelle inne, wo du kurz vorhin gestanden hast, und rief mit drohendem Zeigefinger zurück:

„Ich werde dir die Augen ausstechen, wehe dir, wenn ich dich da noch einmal erwische!" Mein Vater war entweder schon vor ihr herabgestiegen, oder er folgte ihr, schwankend und stolz wie ein Sultan, der beschlossen hat in den Krieg zu ziehen.

Als ich einmal aus meinem Zimmer trat, stand die Tür halb offen. Ich blieb stehen und schaute hinein. Mir fiel das bläuliche Licht im Zimmer auf. Ich versuchte meine Blicke abzuwenden, dennoch sah ich meinen Vater nackt auf dem Diwan liegen. Er sah mich auch.

„Komm!", sagte er mit weicher Stimme.

Ich begann zu weinen.

„Ich sagte, du sollst herkommen!", rief mein Vater nun laut und voller Zorn.

Ich war zu Tode erschrocken und wusste nicht, was ich tun sollte. Ich dachte, er würde mich zerstückeln, falls ich nicht auf ihn hören würde. Weinend wandte ich mich zu ihm. Einen Teil seines Körpers bedeckte er mit dem Bettlaken und sagte, ich sollte auf das Bett steigen. Angstvoll stieg ich auf das Bett. Er hielt mich unter den Achseln und setzte mich auf seine Brust.

„Bist du denn so neugierig auf das Innere?",

fragte er. Seine ruhige und liebevolle Stimme war zurückgekehrt.

„Nein", sagte ich. Um ihn zu überzeugen, schüttelte ich kräftig den Kopf.

„Warum guckst du dann jeden Tag rein?"

Nun wurde mir erst klar, dass er genauso wie meine Mutter dachte, was ich bis dahin nicht gewusst hatte. Angst ergriff mich. Ich stieg vom Bett, um schnell von dort wegzulaufen. Ehe ich mich entfernen konnte, packte mich mein Vater am Arm. Dann zog er mich wieder auf seine Brust. Mit seinen riesigen Händen strich er mir über den Rücken und die Haare.

„Weine nicht", sagte er, während er mit seinen Fingern noch eine Weile über meinen Rücken strich. „Wenn du erwachsen bist, wirst du auch so ein großes, breites Bett haben."

„Obwohl er mir befahl nicht zu weinen, fing ich an zu schluchzen. Und als er das bemerkte, warf er mich wie ein Stück Holz zu Boden. Ich fiel auf die Knie. Es tat weh.

Heulend rannte ich zur Treppe. Es war das letzte Mal, dass ich mir diese Tür anschaute, das Zimmer betrat ich auch nie wieder."

Beim Erzählen hatte sie meine Hand festgedrückt. Weil es mir weh tat, zog ich sie wieder zurück. Da drehte sie sich schnell um und gab mir eine schallende Ohrfeige. Sie packte mich an den Schultern und schubste mich nach hinten. Ich

verlor mein Gleichgewicht und rollte die Treppe hinunter. Sie lief hinter mir her, ergriff meine Hand und hob mich hoch. Dann fiel sie mir um den Hals und küsste sanft meine Wange. Anschließend setzte sie mich auf die erste Stufe der Treppe und sich neben mich. Der Schlitz ihres Rockes hatte sich geöffnet. Sie zog meinen Kopf zu sich. Als mein Kopf die Höhe ihrer Brüste erreichte, fragte sie:
„Möchtest du gestillt werden?"
„Nein", antwortete ich.
Ohne ihr ins Gesicht zu schauen, legte ich meine Wange zwischen ihre großen Brüste. Sie führte meine Hand über ihr Bein. Ihre warmen Beine zitterten. Mit der anderen Hand drückte sie meinen Kopf an ihre Brüste. Währenddessen warf sie ihren Kopf nach hinten. Dabei wurde ihr schöner schneeweißer Hals sichtbar, sie wollte, dass ich ihren Hals küsste. Ich führte meine Lippen an ihren Hals, um zu küssen, da legte sie ihre Hand auf meine Stirn und sagte:
„Nein, doch nicht, wenn du küsst, kitzelst du mich am Hals, dann geht unser Traum zu Ende."
Während meine Lippen zitterten, hauchte mein Atem über ihre halbnackte Schulter. Sie öffnete einen weiteren Knopf vor ihrer Brust und sagte:
„Hier, bitte!"
Ich bückte mich und berührte sie vorsichtig mit den Lippen. Auf einmal schob sie meine Hand,

mit der sie ihre Hüfte streicheln ließ, wie ein nutzloses Ding auf die Seite. Sie begann ihre Hüfte eigenhändig zu streicheln. Eine ihrer Brüste hob sie erneut gegen meine Wange. Meinen Kopf drückte sie mit beiden Händen noch einmal gegen ihre Brust. Mein Atem flutete über ihren Bauch, da legte sie sich auf den Rücken. Sie packte meinen Kopf mit beiden Händen. Meinen Mund presste sie auf ihren. Ihr Atem roch sehr schlecht. Ich versuchte meinen Kopf zurückzuziehen, aber von ihren starken Händen konnte ich ihn nicht befreien. Nach einem langen Kuss auf meinen Mund ließ sie meinen Kopf los. Sie legte ihre beiden Hände auf ihre Brüste. Ich richtete mich schnell auf und rannte Richtung Tür. Sie lachte so heftig, dass ich auf der Stelle erstarrte.

„Komm", sagte sie mit sanfter Stimme. Nach kurzer Pause holte sie zunächst Luft, dann fuhr sie fort: „Komm, setz dich her und hör zu, was ich dir erzähle."

Ich kehrte zurück und setzte mich neben sie. Sie schloss den Knopf wieder, den sie gerade geöffnet hatte. Sie legte ihre Lippen auf meinen Mund und küsste ihn. Der üble Geruch war weg, ihr Mund roch nun sehr angenehm. Ich legte meine Hände auf ihren Nacken. Sie zog sie aber zurück und legte sie um ihre Taille. Ihren Kopf lehnte sie an meine Brust.

„Streichelst du mir bitte ein wenig die Haare?", bat sie.

Während ich über ihre Haare strich, schlief sie ein. Ich wusste nicht, was ich tun sollte. Unentschlossen wartete ich eine Weile. Als die Abenddämmerung einbrach, überfiel mich allmählich die Angst, sowohl vor ihr als auch vor anderen Toten. Diese Angst ließ meinen Körper zittern und mein Zittern weckte sie auf.

„Du bist früh aufgewacht", sagte ich.

„Ich habe einen leichten Schlaf", erwiderte sie.

Sie packte meine Finger, die noch mit ihren Haaren spielten. Dann nahm sie meine Hand in ihre. Ohne in mein Gesicht zu schauen, atmete sie ein paar Mal tief durch.

„Hier ist es dunkel geworden. Lass uns in den Garten gehen", sagte sie.

Sie setzte an zu sprechen, sagte dann aber nichts. Sie saß noch eine Weile still da. Ihr Gesicht konnte ich nicht mehr sehen, nur hörte ich ihren regelmäßigen Atem. Sie drückte meine Hand in ihrer Hand.

„Wahrscheinlich hast du Angst vor der Dunkelheit. Ich dagegen bin seit Jahren daran gewöhnt", sagte sie.

Ich war wütend über mich und dachte, nun sei alles vorbei, sie würde gleich aufstehen und weggehen. Sie stand aber weder auf, noch ging sie weg, noch gab sie ein Zeichen der Unzufriedenheit. Sie redete weiter, als würde sie ein Selbstgespräch führen:

„An dem letzten Abend, als mein Vater nach Hause kam, ahnte ich, dass irgendwas Schlimmes passieren würde. Er war ganz rot im Gesicht. Man sah ihm an, wie betrunken er war. Jeden Abend, wenn er heimkam, schmiss er Sachen durch die Gegend, die dann zerbrachen, er schimpfte uns aus und schaltete den Fernseher aus, ließ uns nicht mehr fernsehen. Es jagte uns einen großen Schrecken ein, wenn er durch seine ballförmige Nase schnaufte und seine von zu viel Alkohol sowie vom Schlafmangel blutunterlaufenen Augen wütend auf uns richtete, während er seine Jacke auszog, die seine breiten Schultern bedeckte, und an den Haken hängte. Dann legte er sich auf das Sofa und schlief sofort ein. Meine Geschwister und ich rannten schnellstens auf unser Zimmer und kamen wieder heraus, wenn er morgens das Haus verließ."

Sie hielt inne. Dann fuhr sie fort:

„Die letzte Nacht kam er zu spät nach Hause. Wir drei Geschwister dachten, ihm sei etwas zugestoßen, und machten uns Sorgen. Und dies trotz seiner Grausamkeit, wir hatten ja sonst niemanden außer ihm. Vielleicht hätten wir jemanden gehabt, aber wir wussten es nicht, weil wir nie aus unserem Haus gehen durften. Unsere ganze Welt drehte sich um unseren Vater und dieses zweistöckige Haus. Als er so spät heimkam, waren seine Augen wie immer blutunterlaufen. Sobald er das Haus betrat, zog er wie immer seine Jacke aus und hängte sie an den Haken hinter der Tür. Seine starken Oberarme, die nun sichtbar wurden, sahen furchteinflößend aus. Er keuchte wie ein Riese. Als er sich zum Sofa wandte, standen wir sofort auf und wollten zur Treppe, um auf unser Zimmer zu gehen. Da sagte er aber zu meinen Geschwistern:

„Ihr bleibt sitzen und seht fern!"

„Meine Geschwister waren sich nicht sicher, ob sie sich freuen sollten oder nicht, unentschlossen schauten sie mich an. Mit einer Geste bedeutete ich ihnen da zu bleiben. Freudig stieg ich die Treppe hoch. Dabei dachte ich, mein Vater würde wenigstens meine Geschwister gut behandeln. Ich wollte so schnell wie möglich auf meinem Zimmer sein, um an den traumhaften Tag zurückzudenken, an dem ich mich zum ersten Mal mit dir unterhielt, nachdem ich all meine Ängste überwunden hatte. Ich zog mein Nachthemd an und wollte gerade zu Bett gehen, da hörte ich die Schritte meines Vaters, der die Treppe hochging. Vermutlich hatte er seit Jahren nicht mehr in seinem Bett geschlafen. Oder hatte sich mein Vater wirklich verändert? Sollte das für mich etwas Erfreuliches sein oder eher nicht? Hin und hergerissen von meinen Gefühlen, wurde die Tür unseres

Zimmers geöffnet. Er lehnte sich an den Türrahmen und sah mich an. Dann öffnete er seinen großen Mund und lachte, wobei er alle seine Zähne zeigte. Mir wurde mulmig zumute, ich befürchtete, hinter seinem Lachen könnte sich etwas Böses, Hinterhältiges verstecken. Ich wollte sofort weglaufen und zu meinen Geschwistern gehen. Es war aber gar nicht möglich, mich von seinen starken Armen zu befreien. Ich setzte mich auf mein Bett. Ich rollte mich zu einem Ball und wartete. Mit einer tiefen und lauten Stimme, die er immer hatte, wenn er meine Mutter anschrie, sagte er:

„Du bist viel größer geworden, als ich dachte!"

„Während seine tiefe Stimme in meinen Ohren klang, pochte mein Kopf. Er schloss die Tür. Dass er die Tür schloss, wunderte mich nicht. Aber dass er auch noch den Schlüssel umdrehte, um abzuschließen, überraschte mich sehr. Ich blickte ihn mit ängstlichen, weit geöffneten Augen an. Er kam rasch auf mich zu. Mit Schwung sprang ich auf das Bett meiner kleinen Schwester und lehnte mich mit dem Rücken an die Wand. Aber er näherte sich mir und schnappte mich. Als er meine Arme drückte, rief ich: „Papa!"

Sobald er mich schreien hörte, bekam er einen seiner üblichen Wutanfälle und schlug mich heftig gegen die Wand. Ich dachte, mein Rücken sei gebrochen.

„Aua!", schrie ich angstvoll und weinerlich.

Obwohl ich mich dazu zwang, brachte ich keinen weiteren Ton heraus. Er streckte eine Hand aus und drückte auf meine rechte Brust. Dann beugte er meine Hand, setzte mich auf das Bett meiner Schwester und kam dicht an mich heran. Als ich versuchte mich von ihm zu entfernen, schlug er heftig auf meinen Mund. Meine Nase und meine Lippen wurden taub. Ich meinte eine kurze Weile die Schritte meiner Geschwister zu hören. Als ich meinen Mund aufmachte, um sie zur Hilfe zu rufen, kam die zweite Ohrfeige. Das Blut, das aus meiner Nase kam, floss auf meine Brüste hinunter. Angstvoll und weinend wiederholte ich:

„Papa!"

Mir in die Augen blickend, sagte er:

„Ich bin nicht dein Vater. Ich weiß auch nicht, ob ich der Vater der anderen Kinder bin oder nicht. Eure Mutter, die Schlampe, ging weg, nachdem sie euch mir angedreht hat."

Als er das sagte, begann er zu zittern wie ein Mensch, der unter Schmerzen leidet. Vielleicht war das ein Weinen, aber ich sah das nicht, da ich nicht wagte ihm ins Gesicht zu schauen. Nachdem er mich ein paar Mal gerüttelt hatte, sagte er:

„Heute bist du achtzehn geworden. Ich werde mit dir eine Prophetenhochzeit feiern. So bleibst du ab jetzt zu Haus und passt auf deine Geschwister auf."

„Er ließ dann meinen Arm los, schob mich auf das Bett und ging in aller Ruhe zur Tür, als hätte er nicht meine ganze Welt zerstört. Als er im Treppenhaus war, drehte er den Schlüssel zweimal im Schloss, sperrte mich im Zimmer ein.

Nachdem er gegangen war, hörte mein Weinen von selbst auf. An dem Tag, wo ich mich mit dir getroffen hatte, hatte ich vorsichtshalber ein Seil besorgt, falls ich mal nachts durch das Fenster fliehen sollte. Es lag immer unter meinem Bett. Ohne zu überlegen, holte ich das Seil hervor. Die Betten meiner Geschwister stellte ich übereinander und hängte mich an das Seil, das ich an den Haken des Kronleuchters band. Danach wurde ich zum Schattenmädchen, das du ab und zu mal in deinen Träumen siehst."

Sobald sie ihren Satz beendete, stand sie mit einer flinken Bewegung auf. Langsam ließ sie meine Hände los. Während ich versuchte aufzustehen, verschwand sie schnell wieder in der Dunkelheit.

Şükriye Kireç

Ein seltsamer Anruf

Kaum hatte der Himmel aufgehört zu weinen, lud mich die Sonne, die durch das große Fenster des Wohnzimmers strahlte, nach draußen ein. „Etwas später", murmelte ich und legte mich auf das breite Ledersofa. Gerade als ich dachte, das wäre der Auftakt zum Wochenendvergnügen, klingelte das Telefon. Ich nahm den Hörer ab, hielt ihn ans Ohr und sagte mit warmer, sympathischer Stimme, im Glauben einer meiner Freunde sei am Apparat.

„Hallo, bitte schön!"

Das Telefon raschelte. Jemand hauchte in den Apparat. Nach einer Weile war das Hauchen weg. Eine dünne Frauenstimme sprach: „Guten Tag, hier ist Şükriye Kireç." Dann schwieg sie. Nach einer kurzen Pause hauchte sie wieder. Als ich mit dem Ohr am Telefon über den erwähnten Namen nachdachte, sagte sie:

„Ach, wie schön Sie „Hallo" sagen... Ihre Stimme klingt wie eine Einladung zur Liebe, ist so intim und schön. Sind Sie denn immer so nett oder..." Sie verstummte, ohne ihren Satz zu beenden.

Während ich darauf wartete, dass sie fortfuhr, dachte ich über meine Stimme nach. Ob sie wirklich „so intim und schön" war, wie die Frau behauptete? Wie war es möglich, eine intime Stimme schön zu finden? Manchmal ist es aber auch so, dass Wörter biegsam und vieldeutig sind, die Frau hat es sicher mit guter Absicht so gemeint. Wieso sollte sie sonst einem unbekannten Mann etwas Böses sagen? Jedenfalls konnte ich es mir so erklären. Wir beide schwiegen nun. Nur die Frau pustete ab und zu ins Telefon, und sobald sie damit aufhörte, fing sie zu pfeifen an, allerdings mit Unterbrechungen. Ihr Pfeifen klang sinnlich. Betroffen von diesem heimlichen Genuss, den mir ihr Pfeifen bereitete, sprach ich hastig:

„Gnädige Frau, ich denke, wir kennen uns nicht, aber ich danke Ihnen für das, was Sie über meine Stimme gesagt haben, Ihr Pfeifen ist allerdings auch sehr bemerkenswert."

„Ist es denn so wichtig, dass wir uns oder Sie mich kennen?"

„Für Sie kann ich nicht sprechen, aber für mich ist es so. Ich bin ein schüchterner Mensch, es fällt mir schwer, mit Unbekannten zu reden."

Darauf lachte sie so laut, dass sogar der Hörer in

meiner Hand zitterte. Nach einer Weile wurde ihr Lachen leiser und dann hörte es ganz auf.

„Sie brauchen sich doch nicht zu schämen, reden Sie doch mit mir wie mit einem Freund, den Sie seit vierzig Jahren kennen", sagte sie.

Ich wollte auch reden, etwas sagen, schaffte es aber nicht, ich war sprachlos. Ob das mit „vierzig Jahren" wohl ein Hinweis sei, fragte ich mich im Stillen. Die meisten meiner Freunde von vor vierzig Jahren hatte ich schon vergessen. Wessen Stimme könnte es denn sein? Wer auch immer am Telefon war, machte sich sicher lustig über mich, denn an eine solche Stimme konnte ich mich nicht erinnern, egal, wie weit ich zurückdachte. Nach einem kurzen, einladenden Pfeifen hauchte sie zwischendurch einige Male ins Telefon, dann atmete sie erleichtert auf und fuhr fort:

„Was ist denn los mit Ihnen, mein Lieber, was schweigen Sie denn wie versteinert? Reden Sie doch! Hören Sie endlich auf den Netten zu spielen! Spielen Sie von mir aus alle Spiele, bloß nicht dieses Ehrenmann-Spiel, was Sie bloß einsam macht! Kein Mensch ist harmlos. Können Sie etwa behaupten, dass Sie so unschuldig sind, wie Sie geboren wurden? Wenn ich Sie als einen Mann betrachte und mit Ihnen telefoniere, sollten Sie auch mit mir reden können. Warum halten Sie sich zurück? Oder ist da jemand neben Ihnen, vor dem Sie Angst haben? Vielleicht ist es Ihre Freundin, die Ihnen die ganze Zeit zuzwinkert und wissen möchte: „Wer ist am Telefon?" Es ist ja in der Tat auch so, dass Leute wie Sie etwas Anderes unter Freundschaft verstehen. Mit einem Freund teilt man doch alles. Ihr wollt aber nur eins teilen und das ist die Sexualität. Vielleicht ist niemand bei Ihnen, Sie fürchten sich nur, dass Ihre Frau plötzlich ins Zimmer kommt. Was ist da zu fürchten? Sie halten sie sowieso für Ihr Eigentum. Was hat das denn für einen Wert, was sie sagt? Sie brauchen sich wirklich nicht zu fürchten."

„Ah!"

„Nein, da gibt es kein A oder B. Offensichtlich haben Sie Angst. Und da Sie Angst haben, spielen Sie den Ehrenmann. Ich dachte, Sie wären ein echter Mann, mit dem ich paar Worte wechseln könnte. Aber Sie beginnen sofort den Netten zu spielen. Seien Sie offen und geben Sie zu, wenn Sie sich vor jemandem fürchten. Falls Sie nichts zu befürchten haben, dann reden Sie doch! Denken Sie daran, dass Angst nichts nützt."

„Gnädige Frau!"

„O Mann! Ich bin doch keine gnädige Frau!"

„Egal, ob Sie es akzeptieren oder nicht, ich werde Sie so ansprechen!"

„Mann, was bist du denn für ein Schmeichler?"

„Bitte unterbrechen Sie mich nicht, gnädige Frau, ich habe vor niemandem Angst. Außerdem

denke ich nicht, dass meine Frau mein Eigentum ist, so wie Sie es behaupten. Meinetwegen können Sie Ihren Mann für Ihr Eigentum halten."
„Wie ich sehe, bist du ein guter Geheimnishüter, huh! Denk aber einmal darüber nach, was dein Herz sagt. Deine große Zunge und dein armes Herz sagen ganz unterschiedliche Dinge. Schau mal, wie deine Stimme zittert, weil du Lügen erzählst. Versuch mal ehrlich zu dir selbst zu sein, nicht zu mir."
Was mein ungeladener Gesprächspartner zu mir sagte, machte mich äußerst wütend. Anstatt aufzulegen, schmiss ich den Hörer, den ich in meiner Hand festhielt, auf die Seite. Obwohl nun der Hörer von mir entfernt war, konnte ich immer noch hören, was sie erzählte. Eine Weile wartete ich unentschlossen, dann nahm ich den Hörer wieder in die Hand und legte ihn an mein Ohr. Ihre Stimme hatte eine Wutgrenze überschritten. Sie sagte dauernd: „Rede doch, wenn du keine Angst hast!" Wahrscheinlich hatte sie gemerkt, dass ich den Hörer wieder in die Hand genommen hatte. Zuerst sagte sie:
„Bravo an deine Frau, sie hat dich richtig eingeschüchtert." Dann fragte sie: „Ist denn deine Frau nach Hause gekommen, dass du den Hörer hast fallen lassen?"
„Nein", sagte ich zuerst verblüfft. Dann sagte ich doch: „Ja, ja, sie ist zu Hause!"

Mit einer sanften Stimme, die ich von ihr nicht erwartet hätte, sagte sie:
„Da schau einer! Du hast mich völlig überrascht. Du lügst also auch noch."
„Wieso sollte ich lügen? Im Moment ist sie nicht zu Hause, aber gleich kommt sie wieder."
„Schäm dich doch! Guck mal, selbst deine Zunge, die nicht mal Lügen herausbringen kann, beginnt sich zu verheddern. Solche Angst zu haben, das ist doch unglaublich! Okay, ich habe nichts gegen deine Zunge, aber die Beine, warum zittern nun plötzlich deine dünnen Beine?"
„Gnädige Frau, zeigen Sie bitte etwas Respekt! Wie können Sie nur sehen, dass meine Beine zittern? Übrigens gehört es sich für eine gnädige Frau nicht so zu sprechen. Das ist unangemessen."
„Ich weiß nur, was sich für mich gehört und was nicht. Wenn du so zitterst wie ein Hund, darfst du auch nicht in meinem Namen sprechen. Stattdessen könntest du vielleicht deine dicke Nase putzen, die wie eine blaue Aubergine aussieht. Ich dachte bloß, wir könnten uns ein wenig unterhalten und austauschen. Was soll dieses schüchterne Verhalten? Ein richtiger Mann verhält sich doch nicht so. Wenn ich es vorher gewusst hätte, hätte ich dich überhaupt nicht angerufen. Der Schein täuscht also."

Ohne darauf zu warten, dass sie ihr Gespräch beendete, rief ich ins Telefon:
„Wie können Sie denn behaupten, dass meine Beine zittern, meine Nase wie eine große Aubergine aussieht und ich Angst vor meiner Frau hätte?"
„Oh, das fehlte noch, dass Sie auch noch wütend werden! Sie schwingen Ihre Hände und fluchen, bitte tun Sie das gefälligst nicht!"
„Gnädige Frau, ich fluche doch nicht! Sie bilden sich das nur ein!"
„Aber natürlich fluchen Sie! Und zwar so, dass es überhaupt nicht zu Ihrer vornehmen Sprache passt. Ein Fluch ist an sich ehrenhaft, zu fluchen auch. Natürlich kennen Sie so etwas nicht. Woher denn auch, wenn Sie überhaupt keine Ehre haben? Sie wissen dann auch nicht, welche Ehre ein Fluch besitzt."
„Gnädige Frauuuu! Eh...."
Sie schrie lauter als ich und übertönte meine Stimme. Dann fuhr sie plötzlich fort, als wäre nichts geschehen:
„Hör bitte auf nett zu sein, mein Lieber, ich bin weder gnädig noch eine gnädige Frau! Mein Name ist Şükriye, Şükriye Kireç."
„Gnädige Frau, es interessiert mich nicht, wie Ihr Name ist, Kireç oder Zement oder Beton. Ich versuche mich Ihnen gegenüber kultiviert zu verhalten, so wie allen anderen auch. In meinem Le-

ben habe ich bis jetzt niemanden belästigt und möchte auch nicht von anderen belästigt werden." Kaum hatte ich meinen Satz zu Ende gesprochen, da rief sie mit donnernder Stimme: „Fahr zur Hölle mit deiner Zivilisation! Anstatt glücklich darüber zu sein, dass ich mit dir rede, empfindest du es als Belästigung. Du Arschloch!"

„Gnädige Frau, wie reden Sie denn?"

„Schrei doch nicht wie am Spieß, du reißt dir den Arsch auf. Wie soll denn mein Reden sein? Ich rede so, wie ich mich fühle. Warum bist du so verklemmt? Lass doch deine Gefühle raus und sprich endlich mal frei von der Leber weg! Siehst du nicht, wozu dich deine Verklemmtheit geführt hat, du wirst explodieren, wenn du einfach so weitermachst."

„Was bist du denn für eine Frau, he? Was erzählst du da für Lügen? Ich bin weder verklemmt, noch verdränge ich meine Gefühle!"

„Ja, das meine ich ja auch, wenn du so freimütig redest, ändert sich auch deine Stimmfarbe. Und wenn du so redest, siehst du wie ein echter Mann aus."

„Jetzt reicht es aber Frau Şüküfe, die ganze Zeit beleidigen Sie mich. Ich versuche mich zu beherrschen, um Sie nicht zu verletzen. Meine Geduld geht aber langsam zu Ende, zwingen Sie mich bitte nicht dazu aus der Haut zu fahren und unhöflich zu werden."

„Komm schon, mit diesen Höflichkeitstricks hast du nur bei deinem Eigentum Erfolg. Übrigens solltest du meinen Namen richtig aussprechen, ich heiße nicht Şüküfe, sondern Şükriye, Şükriye..."

„Şüküfe oder Şükriye, was macht es denn für einen Unterschied? Sie haben mir immer noch nicht gesagt, was Sie wollen! Ich kann nicht verstehen, worauf Sie mit dieser unpassenden Konversation hinauswollen. Ihren Beleidigungen kann man allerdings entnehmen, dass es allein Ihre Wut ist, die Sie diese Worte sprechen lässt. Ich halte es nämlich nicht für möglich, dass Sie in der Tat so reden."

„Was ich meine, verstehst du ganz gut, du Zuhälter, aber du tust so, als würdest du gar nichts verstehen. Ich weiß, wie ich rede. Von daher ist es nicht deine Aufgabe, mein Sprechen auf eine galante Weise zu interpretieren."

„Oh Gott!"

„Schon wieder die Überraschungsnummer! Vielleicht machst du dir gerade aus Angst die Hose nass. Ich kenne Leute wie dich, die nach einer Weile den Hörer einfach auflegen. Und nach dem Auflegen wirst du mich laut verfluchen! Eigentlich musst du ja nicht auflegen, wenn schon, kannst du direkt ins Telefon fluchen! Andererseits hätte aber nur ein echter Mann den Mut dazu, nicht du!"

„Bis jetzt habe ich noch niemanden verflucht, warum sollte ich denn jetzt Sie verfluchen? Ich bin nicht so rücksichtslos wie Sie. Über meine Männlichkeit dürfen Sie aber auch nicht reden."

„Leck mich, du Zu...!"

„Sind Sie etwa mein Unglück?"

„Nein, ich bin kein Unglück, Şükriye Kireç bin ich bloß. Ich habe mehrmals gesagt, dass ich Şükriye Kireç heiße. Gott, wirf ihm Hirn vom Himmel! Hättest du bloß etwas Hirn in deinem großen Kopf, würdest du auch meinen Namen richtig merken."

„Mein Kopf ist nicht so groß, wie Sie meinen. Und mit meinem Gehirn bin ich auch zufrieden. Egal was Sie tun, werde ich meine Manieren bewahren. Außerdem bin ich nicht ver...."

Kaum konnte ich meinen Satz beenden, sagte sie: „Ha, ha, ich soll also glauben, der Herr habe Manieren."

Ihre Stimme klang sanfter. Ich bemerkte meinen Triumph und entgegnete lächelnd:

„Selbstverständlich habe ich welche, wohingegen Sie leider über keine verfügen."

„Bewahren Sie Ihre Manieren gut, eines Tages können Sie sie brauchen", sagte sie höhnisch lachend. Darauf entfernte sie sich vom Hörer und lachte eine ganze Weile. Als sie mit ihrem Lachen fertig war, legte sie den Hörer mit einem „Klick" auf. Sie hat nie wieder angerufen. Wenn sie angerufen hätte, hätte ich meinen unvollendeten Satz zu Ende gesprochen und ihr gesagt, dass ich nicht verheiratet sei. Nach diesem Gespräch wartete ich jedes Wochenende auf ihren Anruf, aber sie rief nie wieder an.

Der Frühlingsvogel

Ihren Rücken an den Stamm eines dicken, blattlosen Baumes gelehnt, saß sie da. Als ich mich ihr näherte, sah ich ihren zutiefst versunkenen Blick, als würde sie auf jemanden warten, der aus der Ferne kommen würde. Ich berührte sie leicht an der Schulter und fragte:
„Weißt du, wie lange du hier schon sitzt?"
„Gestern bin ich gekommen", sagte sie tief Atem holend.
Wenn sie nicht mehr wusste, welchen Tag wir hatten, hatte sie möglicherweise nicht geschlafen, seit sie hier angekommen war. Ohne ihren Blick von der Stelle abzuwenden, auf die sie starrte, wiederholte sie ihren Satz, nun etwas lebhafter: „Ich kam gestern hierher." Mit meinen Fingerspitzen ihre Schulter fassend, bat ich sie: „Komm, lass uns jetzt nach Hause gehen!" Während sie sich nach vorne beugte, sagte sie, ohne mir ins Gesicht zu schauen: „Sei bitte still, gleich kommt er!" Als hätte ich ihre Worte nicht verstanden, fragte ich sie: „Wer denn?"
Während sie mich mit einer Handbewegung erneut zum Schweigen aufforderte, drückte sie ihr

Ohr auf die Erde und lauschte dem Geräusch, auf das sie wartete. Nach einer Weile richtete sie sich auf und rieb sich die Augen mit ihren Fäusten. Als sie mich dann blinzelnd ansah, schien ihr Gesicht ausdrucksloser als das einer Leiche zu sein. Sobald sich unsere Blicke trafen, wich ich vor Schreck zwei Schritte zurück. Ohne meinen Blick von ihr abzuwenden, fragte ich mich: „Lebt sie denn überhaupt noch?" Ihre Augenhöhlen waren voller Eiter. Bei diesem Anblick kamen mir Tränen. Ich wandte den Kopf zur Seite und wischte die Tränen ab. Während ich meine Tränen trocknete, bebten ihre vorgeschobenen, vollen Lippen.

„Auf den Frühlingsvogel warte ich", sagte sie.

Bis jetzt hatte ich nie von einem Frühlingsvogel gehört. Ob sie den Namen erfunden hatte? Oder gab es wirklich so einen solchen Vogel und ich wusste nichts davon? Was war das für ein Vogel? In welchem Land lebte er? Was hatte er für eine Farbe? Während ich versuchte mir diese Fragen, die mir nacheinander in den Sinn kamen, zu beantworten, sagte ich in einem Atemzug: „Frühlingsvogel!" Sie muss mich gehört haben. Denn mit rauer, heiserer Stimme bestätigte sie mich: „Ja, der Frühlingsvogel!" Ich war verblüfft. Wie war es möglich, dass sie meine Stimme gehört hatte? Selbst ich hatte sie kaum gehört. Ihren Blick lenkte sie sodann in die Ferne und erzählte: „Den Frühlingsvogel kennst du ja gar nicht! Ich aber schon... Damals war ich noch ein zehnjähriges Kind. Auf dem Weg zur Schule lief ich über einen Hügel, am Hang des Hügels wand sich ein Bach hinunter. Meine Mutter saß dort am Ufer und warf Steine in den Bach. Als sie mich sah, hörte sie damit auf. „Jetzt habe ich genug Steine geworfen, meine Arme beginnen langsam zu schmerzen. Morgen komme ich wieder und werfe weiter. Wenn es mir auch dann nicht gelingt, den Bach zu füllen, komme ich nächste Woche wieder", sagte sie wie im Selbstgespräch. Sie guckte mir so ins Gesicht, als hätte sie mich gerade erst bemerkt, und deutete mir mit der Hand, mich neben sie zu setzen. Ich setzte mich vorsichtig hin. Als sie meine Hand in ihre nahm, musste ich sie schnell wieder zurückziehen, da ihre Hand so rau wie eine Feile war und mir weh tat. Meine Mutter lachte und streichelte dann meine Haare, während sie mir den Saum ihres Kleides reichte und sagte: „Fass hier an, das ist weicher als meine Hand."

„Ich berührte den weichen Saum ihres blauen Kleides. Meine Mutter musterte mich und lächelte. Zum ersten Mal bemerkte ich ihre etwas großen, aber strahlend weißen und ebenmäßigen Zähne. Irgendwie war ich ergriffen. Voller Begeisterung fragte ich sie: „Mama, wenn ich erwachsen bin, werden meine Zähne auch so weiß und schön?"

„Darauf lachte meine Mutter so laut, dass ihre Kiefer so laute Geräusche von sich gaben, wie ich sie noch nie gehört hatte. Während sie lachte, blieb mein Blick an ihren weißen, ebenmäßigen Zähnen hängen. Sobald meine Mutter ihr Lachen beendete, legte sie ihre raue Hand auf meinen Kopf und strich mir noch einmal über die Haare, während sie sprach: „Meine Zähne habe ich von meiner Mutter geerbt. Möglicherweise werden deine Zähne auch so wie meine. Ich bin mir aber nicht ganz sicher, ob deine ebenso weiß und schön werden. Zuerst musst du nämlich den Frühlingsvogel gesehen haben, um so weiße und schöne Zähne zu bekommen. Allerdings ist er nur schwer zu finden. Aber wer weiß, vielleicht bekommst du trotzdem so weiße und ebenmäßige Zähne, auch wenn du ihn nicht siehst."

Sie hob den Kopf hoch, betrachtete zunächst die Sonne, dann das silberne Wasser, das durch den Bach floss. „Du kommst zu spät zur Schule! Los, mach dich schnell auf den Weg!", sagte sie.

Wie ein Kamm fuhr ihre verhornte Hand noch eine Weile über meine Haare. Dann guckte sie mich an, zwinkerte und zog den Saum ihres Kleides aus blauem Samt zurück. Ich schaute zuerst auf meine Hand, dann auf ihr Gesicht, als sie mit strenger Stimme fast befahl: „Los! Geh schon!" Nach einer kurzen Pause sagte sie noch einmal: „Schau, dass du jetzt wegkommst, sonst bist du zu spät."

Während ich mich eilig entfernte, befiel mich eine seltsame Angst, so dass ich nicht zurückschauen konnte. Erschrocken lief ich eine Weile weiter. Nach ein paar Hundert Metern ließ die Angst langsam nach. Sobald ich Mut fasste, versuchte ich zurückschauen. Als ich mich aber umdrehte, trat ich auf den Saum meines gelben, faltigen, taillierten Flanellkleids, das auf einer Seite blau und auf der anderen rot geblümt war. Sobald ich auf den Saum meines Kleides trat, stürzte ich und purzelte über den Boden. Kaum hatte ich begriffen, was mir zugestoßen war, merkte ich, dass jemand versuchte mich unter die Erde zu ziehen. Was für ein Schreck! Mit verzerrter Stimme rief ich: „Mamaaaaa!"

Aber meine Mutter, neben der ich gerade gesessen und deren blaues Kleid am Saum angefasst hatte, war nicht mehr zu sehen. Ich fragte mich, ob sie mich deshalb so schnell zur Schule schicken wollte, da sie ahnte, dass mich einer unter die Erde ziehen würde. Um nicht tiefer in die Erde zu rutschen, hielt ich mich an einem großen Stein in meiner Nähe fest. Eine Staubwolke hob sich vom Boden auf, wo meine Mutter gerade gesessen und Steine in den Bach geworfen hatte. Die Wolke zog über den Weg und näherte sich mir. Während ich mich voller Kraft am großen

Stein festhielt, schloss ich meine Augen, da ich sie vor dem Staub schützen wollte. Mich am Stein festhaltend, wartete ich eine Weile mit geschlossenen Augen, bis ich spürte, dass irgendetwas mein Handgelenk berührte. Anfangs war es nicht so schlimm. Aber kurz darauf begann die Stelle heftig zu schmerzen. Der Schmerz war so unerträglich, dass sich meine Augen von selbst öffneten. Ich sah Blut, das an meinem Handgelenk herabfloss. Dadurch wuchs meine Angst. Irgendwie schien diese Angst mir die nötige Kraft verliehen zu haben, denn ich konnte mich schnell wieder erheben. Mein blutendes Handgelenk nach oben haltend, sprang ich auf und rannte zum Dorf. Während ich lief, rief ich „Mamaa, Mamaaa!". Sobald ich den Gipfel des Hügels erreichte, konnte ich meine Mutter sehen. Sie war schon unten und hatte sich auf den Heimweg gemacht. Sobald sie meine Stimme hörte, hielt sie an. Dann wandte sie sich um und blickte durch die Bäume. Sie sah besorgt aus, als sie mich laufen sah. Nach ein paar Schritten hielt sie wieder an und wartete auf mich. Als ich bei ihr war, fiel mir etwas Seltsames an ihrem Verhalten auf. Ihre Augen mit den großen weißen Augäpfeln waren geschlossen, nur ihre Zähne konnte man sehen. Während ich ihre Zähne betrachtete, öffnete sie die Augen. Ohne meine Wunde zu beachten, fasste sie an meinem Arm. Mit ihren langen Fingern drückte sie fest

auf die Stelle, wo das Blut zu gerinnen begann. Als ich vor Schmerz mein Gesicht verzog, sah ich sie lächeln. Mit der Spitze ihres Fingers drückte sie weiter auf die Wunde. Danach sagte sie mit trauriger Stimme: „Weißt du, darauf musste ich lange Jahre warten. Du hattest großes Glück! Gerade noch erzählte ich dir die Geschichte vom Frühlingsvogel. Du wirst es kaum glauben, aber er war es, der dir das angetan hat." Sie riss ein Stück vom Saum ihres blauen Samtkleids ab und verband damit den blutenden Schnitt. „Und was für ein Glück! Deine Zähne werden nun auch so wie meine sein, gleichmäßig, weiß und schön!"
Aufgeregt wandte ich ein:
„Aber ich habe keinen Frühlingsvogel gesehen!"
Meine Mutter versicherte mit warmer Stimme:
„Keine Sorge, du hast ihn zwar nicht gesehen, aber er ist in deine Nähe gekommen. Dass er in dein Handgelenk pickte, ist ein Beweis dafür, dass er dich gesehen hat. Und das reicht auch schon." Nachdem sie das gesagt hatte, lachte sie - weiß Gott warum- nicht mit ihren Lippen, sondern mit ihren Wangen. Als sie aufhörte zu lachen, schlug sie mir auf den Hintern und sagte: „Jetzt beeil dich aber! Wenn du zu spät kommst, werden sie dich weder in die Schule noch in den Unterricht lassen!" Ihre Stimme klang traurig und sehnsüchtig. „Du hast aber wirklich großes Glück gehabt, ich musste jahrelang darauf warten." So-

bald sie ihren Satz zu Ende gesprochen hatte, drehte sie sich um und eilte zu unserem Haus. Während sie sich entfernte, rannte ich mit angstvollen Schritten wieder zur Schule. Den Hang stieg ich schleunigst hinab, raste dann wie ein Sturmwind durch die Gartenpforte auf den Schulhof. Ich öffnete die schwere Eingangstür und trat in den Korridor. Meine Schritte hallten den langen Korridor entlang, da mit dem bereits begonnenen Unterricht Stille in die Klassenräume eingetreten war. Die Flügelschläge der Tauben, die seit Jahren auf dem Dach des Schulgebäudes nisteten, gesellten sich zum Hallen meiner Schritte, da öffnete sich die Tür unserer Klasse von selbst. Schweißgebadet betrat ich den Klassenraum. Während ich von allen überrascht gemustert wurde, schaute ich meine Lehrerin an, eine große brünette Frau mit glattem Haar, die mit ihren blauen Augen lächelte. Ich zeigte auf meinen umwickelten Arm und sagte: „Es war der Frühlingsvogel, der das getan hat!"

Alle, die mich gehört hatten, fingen zu lachen an. Ohne meine Mitschüler anzugucken, die mir nicht glaubten, begab ich mich stumm an meinen Platz. Während des Unterrichts kreisten meine Gedanken nur um den Frühlingsvogel. Nach der Schule, als ich mich auf den Heimweg machte und an der Stelle ankam, wo mich der Frühlingsvogel am Arm verletzt hatte, setzte ich mich auf den Boden und schaute auf die kurvenreiche Straße, die den Bach entlangführte. Am Straßenrand standen die Bäume dicht an dicht. Sie hatten riesige Zweige und große Blätter. Die von ihren großen Blättern beschattete Straße erstreckte sich so weit, bis sie in ein Tal stürzte. Die Blätter der Bäume im Tal wechselten ständig die Farbe. Ob das etwa ein Spiel des Windes mit den Blättern war? Oder ein Spiel der Blätter mit der Herbstsonne? Das konnte ich nicht erkennen. Vielleicht war es das Licht, das sowohl mit dem Wind als auch mit den Blättern spielte. Während ich den Farbrausch in der Ferne erblickte, kam mir wieder der Frühlingsvogel in den Sinn. „Das könnte doch ein Spiel des Frühlingsvogels sein!", schrie ich aufgeregt. Als ich meinem Schrei und dem leisen Rauschen des Baches lauschte, der dem steilen Hang gegenüber in Richtung des grünen Tals dahinfloss, gesellte sich aus den Tiefen des Tals eine weitere Stimme, die ich nicht kannte. Diese mir unbekannte Stimme, die sich mit meiner vermischte, sagte:

„Da täuschst du dich aber sehr, der Frühlingsvogel lebt nicht mal dort, geschweige denn, dass er mit den Lichtern spielen würde. Um ihn sehen zu können, musst du erst dieses Tal durchqueren.

Hast du das Tal passiert, wirst du etliche Mengen hoher, dunkelgrüner Bäume erblicken. Dies sind jedoch solche Bäume, wie du sie noch nie zuvor gesehen hast. Manche haben die Zweige auf der einen Seite, die Früchte auf der anderen; bei manchen schauen die Zweige nach unten, die Früchte nach oben, und manche haben nur Zweige und keine Früchte." Während ich zuhörte, was die Stimme erzählte, fragte ich mich: „Was sind das nur für seltsame Bäume!" Der Besitzer der Stimme antwortete, als würde er meine Gedanken lesen: „Es stimmt, auf den ersten Blick denkt man, es seien seltsame Bäume, allerdings gewöhnen sich die Augen an sie, wenn man eine Weile durch sie geht. Du wirst dann sogar alle anderen Bäume vergessen, die du je gesehen hast. Dort, wo sich diese seltsamen Bäume befinden, sieht man, soweit das Auge reicht, eine unendlich weite Ebene. Wenn du dort angekommen bist, wirst du zunächst vom Wind begrüßt werden. Dieser Wind weht so stark, dass er dabei die hohen und seltsamen Bäume hin und her wirft. Manchmal scheinen die Baumwipfel den Boden zu berühren. Genau dann machen die Bäume ein Geräusch, das einem Ächzen ähnelt. Wenn du es schaffst, den Weg fortzusetzen, ohne dich vor diesem Geräusch zu fürchten, gelangst du zu einem Hügel, der mit kleinen Obstbäumen verziert und von hohen Bäumen versteckt ist. Auf dieser scheinbar unendlich weiten Ebene hat sich dieser Hügel irgendwie verborgen. Bis jetzt konnte niemand die Spitze dieses winzigen Hügels erreichen, da die dicht nebeneinanderstehenden Bäume das nicht zuließen." Die sanfte Stimme, die vom anderen Ufer des Baches kam, wurde mit einer tiefen, gereizten Stimme unterbrochen: „Was ist mit Gilgamesch? Schaffte er es nicht auch?", fragte sie. Eine Weile herrschte Stille. Dann hörte ich die sanfte Stimme wieder: „Ach!" Es klang wie ein Seufzen.

„Gilgamesch kam aber vom großen Meer, zudem hatte er auch scharfe Äxte in der Hand", wandte die ärgerliche Stimme ein. „Hätte er keine scharfen Äxte gehabt, hätte er es auch nicht bis zum Gipfel geschafft. Was ist wohl passiert, als er den Gipfel erreichte? Er musste für seine Ungeduld büßen. Hätte er etwas Geduld gehabt, so hätte er den Frühlingsvogel gefangen, außerdem wäre er auf die Ebene von An, dem Himmelsgott, gestiegen und unsterblich geworden. Wie du weißt, wurde er auch nur zum Halbgott auserwählt."

Der Besitzer der tiefen, rauen Stimme seufzte ein paar Mal. Man hörte nur noch ein unverständliches Grunzen. Grunzend tauchte er dann in die Stille des tiefen Tales, als würde er in einem Sumpf versinken. Die Stimme, die vorhin mit einer unerwarteten Frage unterbrochen worden war, beruhigte sich nun wieder und setzte die Erzählung fort:

„Das Nest des Frühlingsvogels ist auf dem Gipfel dieses kleinen Hügels, versteckt zwischen den

Bäumen. Ohne ihn zu erklimmen, kannst du den Vogel nicht sehen", sagte sie. Wie Menschen, die beim Denken unterbrochen werden, hielt sie eine lange Weile inne. „Dieser Frühlingsvogel bleibt jedenfalls nicht immer in seinem Nest. Manchmal kommt er heraus. Es ist aber ziemlich schwer ihn zu sehen. Wenn du Glück hast, taucht er irgendwann vor deinen Augen auf, wo du ihn kaum erwartest", fuhr sie fort. Dann schwieg sie wieder. Während ich geduldig auf die Fortsetzung der Erzählung wartete, weil ich mehr vom Frühlingsvogel erfahren wollte, merkte ich, dass ein starker Wind über meine Haare wehte. Ich hob meinen Kopf, den ich auf den großen Stein gelegt hatte und an dem ich mich heute Vormittag festgehalten hatte. Ich richtete meine Blicke erneut auf das Tal, da bekam ich die schläfrigen Augen der Sonne zu Gesicht, die sich hinter den Bergen zu verbergen suchte. Ich sprang sofort auf und rannte mit aller Kraft. Als ich zu Hause ankam, war ich außer Atem. Ich öffnete die Türen aller Zimmer und schaute nach meiner Mutter. Meine Mutter war nirgends zu finden. Mein Vater, der am Tandur-Ofen hockte, aus dem der Geruch von gebackenem Lavash-Brot kam, sah mich an. Seine Augen mit großen, weißen Augäpfeln erhellten sein sonnengebräuntes Gesicht. Mit ruhiger Stimme fragte er:

„Was ist denn los? Du keuchst wie jemand, den

die Dunkelheit fortgejagt hat. Hast du dich etwa erschrocken? Sag mal, wo warst du denn die ganze Zeit? Ich habe auf dich gewartet. Komm und iss dein Essen! Nach dem Essen gehst du gleich zu Bett. Heute hatte deine Mutter einen sehr anstrengenden Tag, jetzt ist sie im Bad. Danach wird sie auch schlafen gehen. Ich bin ebenfalls sehr müde. Ich kann nicht so lange warten, bis du gegessen hast. Du bist ein kluges Mädchen, nach dem Essen gehst du sofort ins Bett, oder?", fragte er. Dann streckte er seinen Arm in den Tandur-Ofen[5], holte ein Lavash-Brot heraus und stellte die Pfanne voll mit Essen vor mich hin. Dann ging er weg. Ich lief ihm nach und öffnete die Tür. Obwohl mein Vater das Geräusch hörte, schaute er nicht zurück. Er drehte sich auch nicht um, als ich hinter ihm rief:

„Heute Abend muss ich aber unbedingt mit Mutter sprechen!"

Er begab sich zum Schlafzimmer, als ich seine grobe, tiefe Stimme hörte: „Nein, das geht nicht. Mutter sagte, sie sei völlig erschöpft! Du sprichst morgen mit ihr", bestimmte er beinahe im Befehlston. Verärgert murmelte er noch: „Glaubst du etwa, dass es leicht ist, den ganzen Tag auf dem Acker zu schuften?", als wäre ich schuld an ihrem Bauernleben.

Zum ersten Mal in dieser Nacht konnte ich nicht

---

5 Backofen, Holzkohleofen

durchschlafen. Vor Mitternacht wachte ich auf. Ich war verschwitzt und hatte Durst. Ich stand auf und ging zur Küche. Als ich über den knarrenden Holzboden im Flur lief, sah ich unter der Tür des Elternschlafzimmers Licht hervordringen. Ich vermutete, meine Mutter sei auch wach geworden. So beschloss ich zu ihr zu gehen, nachdem ich in der Küche Wasser getrunken hatte. Ich wollte mit ihr über den Frühlingsvogel sprechen. Da ich meinen Vater nicht wecken wollte, machte ich die Tür leise auf. Fassungslos sah ich, wie mein Vater splitternackt in meine erschöpfte Mutter eindrang. Meine Mutter hatte ihre langen und weißen Beine um die Taille meines Vaters geschlungen. Als ich mich verwirrt umsah und zu begreifen versuchte, was sie da taten, sah mich meine Mutter. Stöhnend und aufgeregt sagte sie: „Geh sofort in dein Zimmer! Dein Vater versucht den Frühlingsvogel zu fangen."

Mein Vater, der den Frühlingsvogel zu fangen versuchte, rief keuchend, ohne das Stöhnen meiner Mutter zu beachten:

„Los, geh schnell in dein Zimmer, sonst fliegt der Frühlingsvogel weg!"

Schon ehe er seinen Satz beenden konnte, schloss ich die Tür und rannte in mein Zimmer. Vor dem erneuten Einschlafen betete ich, dass es meinem Vater gelang, den Frühlingsvogel zu fangen. So könnte ich den Frühlingsvogel sehen, ohne auf den Hügel steigen zu müssen, den die kleinen Obstbäume verbargen. Während ich so dachte, umhüllte mich eine süße Wärme. Ein Lächeln legte sich auf meine Lippen. Danach muss ich eingeschlafen sein.

Sobald ich morgens aufwachte, lief ich in das Zimmer meiner Eltern. Aber keiner war da. Das Bett war nicht gemacht. Überall im Zimmer suchte ich nach dem Frühlingsvogel. Ich hoffte, mein Vater hätte ihn gefangen und irgendwo versteckt. Aber ich fand ihn nirgends. Traurig lief ich im Zimmer auf und ab, dann führten mich meine Beine an das Fenster. Warum ich das tat, wusste ich nicht. Ob ich den Sonnenaufgang beobachten oder den Wald in der Ferne sehen wollte? Ich betrachtete die hohen Weißdornbäume inmitten der üppigen Weizenfelder, die sich im Morgenwind wiegten, da kam mir wieder der Frühlingsvogel in den Sinn. Auf einmal wurden die auf dem Feld verstreuten Weißdornbäume kleiner. Ich sah, wie sich ihre Äste auf einer Seite und ihre Früchte auf der anderen Seite beugten und bewegten. Die Farben der Früchte waren so prachtvoll, dass sie sich mit den Sonnenstrahlen vermischten und jeweils in einen Regenbogen verwandelten. Während ich diesen strahlenden Farbrausch beobachtete, der durch das Flackern der Morgensonne zustande kam, bemerkte ich, dass diese durch die Spiegelung der von den Früchten erzeugten Regenbögen über den Wald zogen, in der Ferne zusammenliefen und einen dunkelgrünen Weg bildeten. Als ich mir wünschte, dass mich dieser Weg zum Frühlingsvogel bringen möge, fiel mir auf, wie der Wind durch die Dielen unseres Holzbodens hinein wehte und meinen nackten Rücken kühlte. Ich wollte mir etwas Warmes zum Anziehen holen, da hörte ich die Stimme meiner Mutter, die sich mir näherte:

„Beinahe hätte dein Vater ihn gefangen, aber er flog durch das offene Fenster hinaus, dann über dem grünen Weg, den du auch gesehen hast, zu seinem Nest. Bevor er wegflog, sagte er, er wollte dich im Schlaf nicht stören, aber er würde dich zu sehr mögen und hätte ein Geschwisterchen für dich gebracht und es heimlich in meinem Bauch versteckt, um dich nicht zu wecken. Es ist nicht die Schuld deines Vaters, dass er entkommen ist. Er hätte ihn schon gefangen, wäre das Fenster nur nicht offen gewesen. Er ist uns einfach so entflohen, aber wenn du möchtest, kannst du auch über diesen grünen Weg zum Hügel gehen, wo sein Nest ist. Erst müsstest du aber den Wald durchqueren. Am Ende des Waldes beginnt eine breite Ebene, auf der sich Mengen von Bäumen befinden. Diese Bäume sind allerdings anders als die im Wald. Wenn der Wind weht, kippen sie nach unten, als würden ihre Spitzen den Boden berühren. Ihre Zweige sind auf einer Seite, ihre

Früchte auf der anderen. Diese hohen, seltsamen Bäume verbergen den Hügel, auf dem der Frühlingsvogel sein Nest hat. Falls du aber diese Stelle übersiehst und einfach daran vorbeigehst, endet das ganze Grün. Dann beginnt eine Wüste, in der aufgereiht trockene Bäume stehen. Man denkt zuerst, von dieser Hitze würde man schmelzen. Aber man gewöhnt sich ebenso an diese Hitze, wie man sich an die seltsamen Bäume gewöhnt. Gerade dann, wenn man sich an diese Hitze gewöhnt hat, endet die Wüste und es beginnt ein grauenvoller tiefer Abgrund, bei dessen Anblick sich einem die Haare sträuben."

„So wie in der Hölle, von der du letztes Mal erzähltest?"

„Ja, ungefähr so, aber nicht so heiß wie dort. Wenn du dann Mut fasst und weitergehst, erreichst du schnell das Ende. Hinter dem Abgrund siehst du noch eine Wüste. Dort fließt aber Wasser aus den dürren Zweigen der Bäume. Hinter dieser Wüste liegt eine grüne Wiese mit allerlei Blumen. Sobald man diese Wiese betritt, verschwindet der Weg. Die Blumen dort haben schöne Farben und duften alle so gut, dass du dich nicht entscheiden kannst, an welchen du zuerst riechen sollst. Wenn du dich von diesen Blumen nicht ablenken lässt und den kürzesten Weg findest, gelangst du bald zu einem Platz, auf dem sich die Phönixe aufhalten. Die Phönixe mit dunkelblauen Flügeln warten auf Männer, die mit violetten Flügeln auf Frauen. Sobald die Phönixe in den Himmel fliegen, trennen sich die Wege von Frauen und Männern, die Frauen sehen ihre Männer nicht mehr. Die Phönixe mit dunkelblauen Flügeln fliegen vierzig Tage und vierzig Nächte über die Ozeane, fressen die Früchte der hohen Bäume, die bis zum Himmel ragen; dann landen sie vor dem Tor des Paradieses. Weil die Phönixe mit violetten Flügeln das Paradies nicht betreten dürfen, fliegen sie woanders hin. Die Männer, die mit Paradiesjungfrauen schlafen, dürfen aber auch ihre Frauen sehen, wenn sie wollen."

„Und wenn sie es nicht wollen?"

„Wenn sie es nicht wollen, bleibst du in einer Welt, die nur du selbst sehen kannst und du versuchst dich an die Einsamkeit zu gewöhnen. Und hast du dich an die Einsamkeit gewöhnt, dann öffnet sich eine Tür vor dir, durch die du all deine Liebsten erblicken kannst, die dir zuwinken, du winkst ihnen zurück. Ihr geht aufeinander zu. Wenn ihr ganz nahe beieinandersteht, ändern sich die Gesichter deiner Liebsten. Jeder verwandelt sich in ein anderes Monster. Du bekommst Angst. Vor lauter Angst weißt du nicht, was du tun sollst. Du drehst dich um und flüchtest wieder in deine stille Welt. Gerade dann, wo du laut weinen möchtest, hörst du die Stimme des Menschen, der dir am nächsten steht und dich ermutigt: „Nur noch etwas Geduld, bald wirst du all deine Liebsten sehen." Voller Hoffnung fängst du wieder an zu warten."

Als ich meine Mutter fragen wollte, ob die Frauen kein Paradies hätten, wehte ein starker Wind heulend durch unser Haus. Nach diesem Wind herrschte eine ungewohnte Stille. Ich spürte, dass hinter mir seltsame Dinge passierten. Die langen Haare meiner Mutter flogen in der Luft. Erschrocken wandte ich mich an meine Mutter. Sie war aber nicht mehr da, auch ihre Stimme war weg.

Tage später, als mein Vater und ich meine Mutter in der Heilanstalt besuchten, reichte sie mir die Hand und streichelte meine Haare, während sie fragte:

„Hast du den Frühlingsvogel immer noch nicht gesehen?"

Bevor ich ihr antworten konnte, sagte mein Vater:

„Saime, Schatz, den Frühlingsvogel gibt es doch nicht. Wie kann denn das Kind etwas sehen, was nicht existiert?"

„Du hast doch dein Paradies, Ömer. Diejenigen, die kein Paradies haben, haben den Frühlingsvogel", entgegnete sie.

„Obwohl so viele Jahre vergangen sind, konnte ich die Angst, die damals das Gesicht meiner Mutter verzerrte, nie vergessen. Wenn diese Angst heute, wo ich älter geworden bin, mein

Herz befällt, setze ich mich einfach hin und erfinde Geschichten um den Frühlingsvogel."

Stumme Ängste

Sie war noch im Halbschlaf, dennoch geisterten in ihrem angsterfüllten Blick tausende Fragen, die sich an ihrem vergrößerten Augenweiß eingenistet hatten. Sobald sie die Ladefläche betrat und mich erblickte, erlosch der Glanz in ihren Augen. Ihr Staunen wuchs, ihre Angst wurde umso größer. Wie ein federloses Vogeljunges im Regen zitterte sie am ganzen Körper. Ihr Blick wanderte über bekannte Gesichter im Raum. Mit der Müdigkeit des Halbschlafs wandte sie sich mir zu. Sie beugte die Knie, um sich hinzusetzen, biss sich auf die Lippen, blickte den Sitzplatz befremdet an und dann näherte sie ihr Gesicht meinem. Eine Weile verharrte sie so. Während ich überlegte, ob ich mich nicht etwas von ihr entfernen sollte, um ihren warmen Atem zu meiden, der alle möglichen Gerüche verbreitete, die die Nacht ihr eingeflößt hatte, fragte sie mit schwacher und weinerlicher Stimme:

„Werden sie uns hängen?"

Diese unerwartete Frage verblüffte mich. Ich stand hastig auf. Als ich mich gleich wieder hinsetzte und besann, wo ich mich befand, waren meine Augen genauso weit aufgerissen wie ihre. Eine Schwere verengte mir die Brust, als wäre mir eine Schlinge aus fettigen Fäden in die Kehle gerutscht. Zugleich wurden meine Lippen von einem nervösen Zittern erfasst. Ich spürte, wie meine Lippen trocken wurden. Ich versuchte sie mit der Zunge zu befeuchten, es half aber kaum. Mich überkam das Gefühl, in einen schrecklichen Abgrund zu fallen, als sie ihre Frage wiederholte:

„Werden sie uns hängen?"

Um meine Angst besiegen zu können und diese verbitterte, wehleidige Stimme nicht mehr hören zu müssen, wollte ich schnell aufstehen und weglaufen. Da sah sie mir aber so tief in die Augen, dass ich mich kaum zu bewegen vermag und einfach auf meinem Platz sitzen blieb. Aber was hätte ich da sagen können?

„Ich weiß es nicht", erwiderte ich nur leise.

„Doch, sie hängen uns! Sie hängen uns!", sagte sie darauf mit rauchiger Stimme und in einem sicheren Ton. Ihre eigenen Worte bestätigend, nickte sie dann mehrmals mit dem Kopf. Als ich sah, dass der Soldat, der direkt uns gegenüber auf der Heckklappe des Militärlasters saß, seine strengen Blicke auf uns richtete, gab ich ihr ein Zeichen, damit sie schwieg. Sie aber ignorierte mein Zeichen, drehte den Kopf und musterte einzeln die Gesichter im Laderaum. Ihr Kummer wuchs, als sie die Menschen, wie die Hühner in einem fremden Stall, stumm und verunsichert auf der Holzbank hocken sah. Ihre dünnen Lippen fingen zu zittern an. Und als sie dem Weinen nahe war, bewegte sich das Fahrzeug.

Durch die plötzliche Bewegung des Lasters wurde sie beiseite geschleudert. Ich zog sie am Arm, den ich festhielt, um ihr beim Aufstehen zu helfen. Vor Angst zitterte sie am ganzen Körper. Während wir uns beide auf die Holzbank setzten, warnte ich sie:

„Halten Sie sich fest, sonst werden Sie wieder stürzen."

Sie nutzte den Moment aus, wo ich ihr ins Gesicht schaute.

„Sagen Sie um Gottes Willen etwas!", flehte sie.

„Ich weiß es nicht", antwortete ich. Meine Stimme kam leiser als mein Atem heraus.

„Gerade war ich vor die Haustür getreten, da sagte mir der Leutnant ins Gesicht, dass sie uns hängen", sagte sie.

Sie steckte ihren Kopf, um den sie ein hellblaues Kopftuch geschlungen hatte, durch die Tür. Nach einem kurzen Blick betrat sie auf ihren schlanken, dunklen Beinen schwungvoll den Raum. Dabei trafen sich unsere Blicke. Ihre Augen bewegten sich wie zwei weiße Flecken in ihrem Gesicht, das von der afrikanischen Sonne gebräunt war, und ließen ihren Teint frischer wirken. Sie verzichtete darauf sich auf den Stuhl zu setzen, der zwei Reihen entfernt von mir stand und begann im langen Flur auf und ab zu gehen. Ich rutschte an den Rand des abgenutzten Ledersofas, schob einen Fuß unter meinen Hintern und hängte den anderen über die Sitzkante, während ich ihr mit meinen Blicken folgte. Als sie kam, um sich neben mich zu setzen, rückte ich noch etwas zur Seite. Ihre weißen Zähne zeigend, die ihrem Gesicht einen erotischen Reiz verliehen, sprach sie:

„Heute habe ich eine Absage bekommen." Sie richtete ihren Blick zu Boden und fügte hinzu: „Ob sie mich wohl sofort ausweisen?"

Sobald sie ihren Satz beendet hatte, krümmte ich mich erst auf dem Ledersofa zusammen, dann sprang ich hastig auf. Ich ging zwei Schritte auf sie zu, dann blieb ich stehen. Sie stand wieder auf. Meine Augen folgten ihrem Gang. Ich rieb mir die Hände. Ich überlegte, was man einem Menschen in so einer hoffnungslosen Lage sagen und wie man ihn aufmuntern könnte. Nichts fiel mir ein. Ich schaute sie nur mit starrem Blick an, während ich an meinem Schnurrbart zupfte. Sie glaubte, ich hätte sie nicht verstanden und wiederholte:

„Heute haben sie meinen Antrag abgelehnt."

Mit dem Gefühl der Hilflosigkeit, ihr nicht antworten oder ein paar tröstende Worte sagen zu können, sackte ich auf dem Stuhl zusammen. Wie ich es auch sonst in Stresssituationen tat, rieb ich mir das Knie und überlegte, wie ich ihr einfühlsam Trost spenden könnte. Was sie letzte Woche leicht geschafft hat, vermochte ich jetzt nicht. Sie hatte sich zu mir gesetzt, meine Hand in ihren Händen gehalten und eine Weile schweigend mitgelitten; mit einer sanften Stimme, die durch ihre weißen Zähne heraus schwebte, hatte sie mich dann getröstet. Jetzt brauchte sie meinen Trost. Was sie an dem Tag für mich getan hatte, sollte ich nun auch für sie tun können. Aber ich hatte nicht einmal die Kraft, ein einziges Wort herauszubringen. Ich war wie stumm. Ich starrte bloß ihr Gesicht an.

Als sie nach einer Weile meine Befangenheit bemerkte, sah sie ein, dass ich für sie kein tröstendes Wort auszusprechen vermochte. Sie stand wieder auf. Nachdem sie im Warteraum ein paar Male verzweifelt hin und her ging, setzte sie sich wieder neben mich hin und näherte ihr Gesicht meinem. Während ihr nach exotischen Früchten riechender Atem an mein Gesicht wehte, beugte sie ihren Hals wie ein schwarzer Schwan und sagte:
„Du hast auch keine Ahnung, wann sie uns ausweisen, oder?" Sie senkte den Kopf nach unten und wartete eine Weile. „Vielleicht bringen sie uns zusammen zum Flughafen. So wäre es ja

günstiger. Weißt du, früher haben sie unsere Landsleute beinahe gezwungen hierherzukommen, und jetzt bemühen wir uns selbst hierher zu kommen und hier zu bleiben. Ist das denn nicht seltsam?", sagte sie dann.

Für einen Moment dachte ich, ihre traurige Rede würde nie enden. Ich war entmutigt. Voller Verzweiflung guckte ich sie an. Ihr sonst bewegtes Gesicht wirkte ruhig. Aber ihre Hand, die meine hielt, zitterte stark. Es sah aus, als ob meine neuen Ängste, vermischt mit den alten, sie angesteckt hätten. Als unsere Blicke sich trafen und einander erfassten, fragte sie wieder:

„Wann weisen sie uns aus?"

Während ich meine Arme um ihren Kopf schlang, der an meiner Brust ruhte, sagte sie:

„Sie glauben es zwar nicht, aber alles, was ich ihnen gesagt habe, ist wahr. Wenn die Wahrheit als Lüge betrachtet wird, fühlt man sich echt schlecht. Weißt du, in Hudur hatten wir ein großes Haus. Es sah aus, als könnte es mit Afrikas Wüsten und dem Ozean mithalten. Die Zimmer und der Garten waren riesig. Als Kind konnte ich mir kaum vorstellen, dass es ein Haus geben könnte, das größer als unser Haus ist. Später erfuhr ich jedenfalls, dass kein Haus auf der Welt groß genug ist, um hineinzupassen. Angefangen hat alles, als mein Vater wegging. Und als er weg war, war alles wie geschrumpft. Meine Mutter ging dann auch weg, als sie einsah, dass sie dieser schrumpfenden Welt nicht angehörte. Schon ehe sie zurückkamen, wurde ich abgeholt. Irgendwann ließen sie mich wieder frei, worauf ich sofort zu unserem Haus rannte. Auf dem Heimweg bildete ich mir ein, meine Eltern wären zurückgekommen. Aber sie waren doch nicht zurück. Als ob es nicht schlimm genug wäre, sah ich nun andere in unserem Haus wohnen. Als ich dort eintraf, griffen mich die Leute, die in unserem Haus lebten, voller Wut an, sie betrachteten mich wie ein Ungeziefer. Ich schaute ihnen ins Gesicht. Sie riefen: „Verschwinde hier!" Ich war so verblüfft, dass ich nicht wusste, was ich tun sollte. Als ich sie mit erstaunten Augen ansah, sagten sie mir: „Geh weg von hier! Dein Vater hat ein Haus in Mogadischu bekommen. Geh dorthin!" Ich wusste, dass alles eine Lüge war, was sie erzählten. Gleichzeitig hatte ich das Gefühl, diese Lüge könnte mein Leben retten. Zuerst ging ich nach Mogadischu. Ich suchte dann allerorts nach meinem Vater. Überall, wohin ich auch ging, bekam ich dasselbe zu hören: „So einer wohnt hier nicht, wir kennen auch niemanden, der so heißt." Am Ende beschloss ich hierher zu kommen, nachdem auch die letzten gesagt hatten: „Frag nie wieder nach ihm! Und guck, dass du hier sofort verschwindest!"

Erst richtete sie sich auf dem Sofa auf, dann

krümmte sie sich zusammen, wie ich es vorhin getan hatte. Aus ihren zitternden Lippen kam eine flache, dumpfe Stimme:
„Hoffentlich geben sie uns genug Zeit, um woanders hinzugehen. Allerdings fehlt mir auch das Geld für ein Ticket."

Ihre Frage, die sie ständig wiederholte, hatte meine Gedanken ziemlich erschöpft. So sah ich ihr mit müden Augen zu und ließ ihre letzte Bemerkung unerwidert. Als ich merkte, dass sie auf eine Reaktion von mir wartete, zuckte ich mit den Schultern, um es ihr verständlich zu machen, dass ich keine Ahnung hatte. Sie ließ ihre Blicke eine Weile in der Ferne schweifen, dann sprach sie wieder, während sie ihren gefalteten Rock glättete:
„Hätte der Mann sonst so gesprochen, wenn er nichts gewusst hätte?"
Ich schaute auf die Zeltklappe des ruckenden Lasters, schloss dann die Augen und murmelte:
„Hätte er uns sonst so früh morgens mitgenommen, um uns zu transportieren, wenn er nichts wüsste?" Mir wurde traurig zumute, meine Augen wurden feucht, durch meine geschlossenen Lider flossen langsam ein paar Tränen über meine Wangen. Wahrhaft, ich hatte an alles Mögliche gedacht, nur nicht daran! Aber was hatten wir denn

verbrochen, dass sie uns hängen wollten? Es war schwer zu fassen. Menschen hinzurichten, schien allerdings in dieser Zeit nicht so schwer zu sein. Man fälschte sogar das Alter von Jugendlichen, um sie hängen zu können. Hauptsache, es gab Leute zum Hängen, das Verbrechen könnte man ja irgendwie konstruieren. Als ich merkte, dass ich emotionaler wurde, während sich meine Gedanken vertieften, beschloss ich eine Weile an nichts mehr zu denken. Geistesabwesend starrte ich erneut auf die Zeltklappe. Ich dachte an meine Töchter. Da wurden meine Augen, die bereits getrocknet waren, wieder feucht. Als ich die Tränen, die sich in meinen Augenhöhlen angesammelt hatten, mit dem Handrücken abwischte, merkte ich, dass wir alle in einem bestimmten Rhythmus schwankten. Da die Ladung leicht war, hoppelte der große Militärlaster, in den sie uns gesetzt hatten, und schleuderte uns hin und her, wobei wir manchmal auch in die Höhe hüpften. Nicht das Hoppeln des Fahrzeugs kam mir witzig vor, sondern unser gemeinsames Hüpfen. Dass wir gegen unseren Willen aufsprangen und wieder hinunterfielen, lenkte mich etwas von den bedrückenden Gedanken ab, die vorhin durch meinen Kopf gingen. Zunächst schaute ich die Soldaten an, die dicht an der Heckklappe des Lasters saßen und sich gegenseitig anblickten, dann die Kunstlehrerin Nadire, die neben mir saß. Ihr Gesicht war immer noch bleich und regungslos, als würde man sie auf den Friedhof führen. Sie saß mit ihren breiten Hüften auf der Holzbank und hielt sich gegen eine mögliche Sturzgefahr mit beiden Händen an der Rückenlehne fest. Als mein Blick auf ihre leicht herausragenden Brüste fiel, hatte ich das Gefühl sie gerade erst gesehen zu haben. So viele Jahre hatten wir im selben Lehrerzimmer gesessen, aber ich hatte sie nie als Frau betrachtet. Ihr kurz geschnittenes blondes Haar verlieh ihrem runden Gesicht einen geheimnisvollen Ausdruck. Ihr Mund war so klein wie der einer Regenbogenforelle, die in kalten Bächen lebt, welche wie dünne Streifen von den Hängen hoher Berge hinunterfließen. Ihre rosa Lippen waren wie mit einem Stift gezeichnet. Ihre Nase in der Mitte ihres runden Gesichts war oben abgeflacht, so dass ihre Spitze so aussah, als ob man sie mit einer Pinzette angehoben hätte.

Die kleinen Sommersprossen auf ihren Wangen wurden auf der Stirn größer und das Grübchen auf ihrem Kinn kam erst zum Vorschein, wenn sie redete. Während ihr langer Hals ihren großen Kopf nur schwer tragen konnte, ragten ihre großen Brüste aus ihrer schmalen Brust. Ihre Arme waren zwar kurz, aber ihre mit Nagellack verzierten Finger wirkten sehr lang. Ihre schmale Taille verdeckte die Unstimmigkeit zwischen ihren niedrigen Schultern und großen Brüsten, wobei ihre Hüften, die sich ab ihrer Taille plötzlich weiteten, so wirkten, als wären sie vom Oberkörper getrennt. Durch die winzigen Füße am Ende ihrer Beine, die von ihrem langen Rock bedeckt waren, nahm sie die Gestalt eines mythologischen Wesens an, das wie ein Halbmensch mit Ziegenfüßen aussah. Es schien so, als würde Ilura, An's Vertreterin auf Erden, die Göttin aus früheren Zeiten, an den Hängen des Berges Nemrut einen Spaziergang machen. Während ich sie mit einer Göttin verglich, dachte ich wieder an meine Töchter. Die ältere hatte geweint, als ich zwischen den Soldaten wegging. Ob sie immer noch weinte? Nadire wusste im Moment weder etwas über ihr Aussehen, noch hörte sie das Weinen meiner Tochter. Gefangen in ihren eigenen Gedanken übermannte sie erneut ihre Angst.

„Vermutlich werden sie uns hängen!", rief sie.

„Vor unserem Haus floss ein dünner Bach. Am Ufer des Baches standen drei Palmen nebeneinander. Die kleinste der Palmen pflanzte mein Vater in meinem Geburtsjahr. Sie wuchs zwar sehr schnell, aber konnte kaum mit den anderen Bäumen mithalten. Ich maß die Palme mit meiner Größe und sagte, sie würde schneller wachsen als ich. Aber mein Vater widersprach:

„Egal wie groß sie wird, sie kann nicht so wachsen wie du."
Ich bestand aber auf meiner Behauptung. Um zu beweisen, dass sie doch schneller wuchs als ich, ging ich zur Palme, stellte mich neben sie und zeigte, dass sie viel größer war als ich. Aber mein Vater sagte entschieden:
„Er sieht so aus, als wäre sie größer als du, aber du bist älter als sie", versicherte er.
Meinem Vater konnte ich nicht böse sein. Ich fing nur an bitterlich zu weinen. Einmal weinte ich so bitterlich, da ging mein Vater ins Haus und brachte eine Axt mit. Ich kriegte große Angst, da ich dachte, er würde mit der Axt, die er in der Hand hielt, meine Palme fällen. Ich hörte auf zu weinen. Nachdem wir eine Weile stillstanden, reichte mir mein Vater die Axt. Ich schaute verwirrt auf die Axt und wusste nicht, was ich damit tun sollte. Mein Vater sagte, mit dem Kopf auf die Palmen zeigend:
„Bis heute habe ich dir nichts dazu gesagt. Weine doch, wenn's dir danach ist. Aber ehe du weinst, solltest du gut überlegen. Denn Weinen ohne Denken nützt dir nichts. Du wirst gleich erfahren, warum die Palmen nicht größer als du sind. Die Axt, die du in der Hand hältst, bauen wir. Und die Kante ist sehr scharf. Oder? Wenn du möchtest, kannst du diese Axt zwei drei Mal an den Stamm der Palmen schlagen und sie auf

den Boden fallen lassen. Die Palmen dagegen können das nicht, auch wenn sie es wollten. Eine Palme wird nur dann groß, wenn du es ihr erlaubst, ohne deine Erlaubnis kann sie aber nicht wachsen und groß werden."
Ich sah meinem Vater hinterher, der sich zum Haus wandte, während er sich an seinem ihm sehr gut stehenden, kurzen lockigen Haar rieb, das an den Schläfen etwas grau geworden war. Obwohl ich mir Mühe gegeben hatte, konnte ich an diesem Tag nicht begreifen, was er mir sagen wollte. Aber jetzt, wo ich wie diese Palmen aussehe, kann ich alles verstehen."

Nachdem die ersten Sonnenstrahlen die steinernen Götter des Berges Nemrut geweckt hatten, der seit Jahrtausenden der Zufluchtsort der Könige war, fielen sie langsam auf unsere Stadt und drangen durch die Zeltwand, die die Rückseite des Militärlasters bedeckte, ins Innere und blendeten fast unsere Augen. Dann verschwanden sie wieder mit der Trübheit eines Geräusches, das durch die dunklen Höhlen hallte. Beim Verschwinden nahmen sie die träge Niedergeschlagenheit des Raumes mit. Wir blinzelten einander zu, als hätten wir alle auf diesen Moment gewartet. Unmittelbar danach wandten wir unsere Blicke hastig voneinander ab, als würden wir uns voreinander schämen. Nadire, die Kunstlehrerin, die immer noch keine Antwort auf ihre Frage hatte, welche sie sich eingeprägt hatte, sagte bei sich: „Jetzt können wir aber nicht mehr zurück." Darauf entschied ich mich, ihr einige tröstende Worte zu sagen, um sie von diesen bedrückenden Gedanken abzubringen. Gleichzeitig bemerkte ich, dass der streng blickende Soldat, der mit einer Hand an der Bank und mit der anderen am Lauf seines Gewehrs festhielt, seine Augen auf die etwas nach vorne ragenden Brüste von Nadire gleiten ließ. Er versuchte seine Scham zu verbergen. Mit einer Kopfbewegung deutete er mir, mich von Nadire zu entfernen. Mir wurde klar, dass man ihn nicht ärgern sollte, so ging ich von ihr weg. Daraufhin lenkte er seinen Blick nach draußen. Der andere Soldat, der direkt vor ihm saß, guckte dauernd hinaus, die Welt der Ängste im Innenraum schien ihn nicht zu interessieren. Nadire, die nicht wusste, warum ich mich von ihr entfernt hatte, rutschte mit ihren breiten Hüften etwas näher an mich. Kaum hatte sie „Mustafa Bey[6]" gesagt, wurde der Soldat mit strengem Blick aufmerksam auf ihre Stimme. Warnend schlug er dann mit dem Kolben seines Gewehrs gegen den dicken Blechboden des Lasters. Nadire, die den Lärm hörte, blickte erschrocken in die Richtung. Sie schluckte die Worte, die

6 Türkisch: Anrede für Herr

ihr im Hals stecken blieben. Sie zog sich zurück, während ihre innere Angst sich mit weiteren Ängsten verband. Sie beugte ihren Hals und schaute mich an.

Der Architekt mit dem schwarzen, dicken Schnurrbart und den grünen Augen, der bei den Festvorbereitungen auch in unserem Team arbeitete, den wir aber von keiner unserer Ideen überzeugen konnten, hielt sich mit einer Hand an der Bank fest, auf der er saß, mit der anderen Hand fummelte an seiner leeren Pfeife. Nach einer Weile hörte er damit auf und schaute uns wütend an. Seine vorwurfsvollen Blicke wollten uns etwa sagen: „Oh ihr Armen, ihr seid ärmer als die ärmsten, fauler als die faulsten. Zwei Wochen lang habe ich versucht euch zu erklären, dass die Wahrheit völlig anders ist, als ihr sie begreift, aber ihr habt nichts verstanden. Die Bilder, die auf die meterlangen Tücher gezeichnet wurden, haben keine Ähnlichkeit mit den winzigen Fotos, die ihr in der Hand habt, habe ich euch gesagt, aber ihr habt nicht auf mich gehört. Ihr habt bloß darauf bestanden, die Zeichnungen an die Fotos von Atatürk anzupassen. Nun werdet ihr sehen, was sie mit euch machen, damit ihr den Bildern gleicht. Wir hätten nur mit ein paar Pinselstrichen kleine Änderungen machen müssen, um sie zu modernisieren. Dann hätte man weder Ähnlichkeit mit Stalins Schnurrbart festgestellt, noch wären wir von diesem Unheil heimgesucht worden. Es ist allerdings nur meine Schuld, dass ich mich auf euch eingelassen und mich bereit erklärt habe, mit euch zusammen zu arbeiten. Aber wie hätte ich denn wissen können, dass kein Halwa im Teig war? Ihr kennt ja gar nicht den Geschmack vom Raki am Bosporus, ihr wisst auch nicht, wie sich die Lieder anhören, die aus den Booten auf der Seine kommen und sich vermischen. Ihr habt keine Ahnung von der Welt, eure Wahrheit hat nur eine Dimension. Gleich werden sie euch zeigen, wie viele Gesichter die Wahrheit hat. Mir macht es nichts aus, ich bleibe drinnen, bis die Sippe aufwacht. Um den Rest müsst ihr euch kümmern. Ich werde sowieso bereits im ersten Verhör sagen, „sie haben es getan", und so werde mich aus dieser Zwickmühle befreien."

Der Architekt hatte dichtes Haar, eine schmale Stirn und eine flache Nase, seine Pfeife hielt er immer in der Hand, auch beim Arbeiten. In der Ecke ihm gegenüber lag der Arbeiter, den die Stadt angestellt hatte, damit er uns während unserer Vorbereitungen beim Tragen von Materialien half. Er hatte den Rücken an die Seitenwand des Fahrzeugs gelehnt und war in einen tiefen Schlaf gefallen. Es schien, dass er an solche Fahrten gewöhnt war.

Die Kunstlehrerin Nadire konnte die Stille aushalten, solange unsere Blicke im Inneren des

Fahrzeugs schweiften. Dann streckte sie mir die Hand hin und nahm meine Hand, als hätte sie die Warnung des Soldaten überhört. Sie kam mir etwas näher und sah mir ins Gesicht. Während ihre Augen, aus denen man ihre Angst herauslesen konnte, ein sinnloses Lächeln verbreiteten, wartete ich darauf, dass sie diesmal etwas Anderes sagte. Die stellte jedoch dieselbe Frage wieder:
„Mustafa Bey, werden sie uns hängen?"
Mit leerem Blick starrte ich in ihr blasses Gesicht und versuchte ihre Angst zu begreifen. Aber die blieb unverständlich. Nadire schien von Schreck überwältigt zu sein. Beim Betrachten ihres angstverzerrten Gesichts spürte ich, wie die Frage „Hängen sie uns?" allmählich begann, auch meinen Kopf zu beschäftigen. Wäre ich doch sprachlos gewesen und hätte den Leuten, die zu mir nach Hause kamen, meine Zeichnungen nicht gezeigt und gesagt, ich könnte gut zeichnen... Um Mitternacht, die tiefste Zeit des Schlafs, haben sie unser Haus überfallen. Als sie mit den Gewehrkolben an unsere Haustür hämmerten, wurde ich wach und sprang sofort auf. Zugleich hörte ich das laute Weinen meiner älteren Tochter, die ebenso durch diesen Lärm geweckt worden war. Ohne die Fragen meiner Frau beantworten zu können, rannte ich ins Kinderzimmer und versuchte meine erschrockene Tochter zu trösten, aber sie hörte mit dem Weinen nicht auf. Sobald

ich die Haustür öffnete, platzten die Soldaten herein. Der Hauptmann folgte ihnen und rief: „Zieh dich an! Du kommst mit!"

Mir war unendlich schwer ums Herz. Schon vor dem Eingang packten sie mich am Kragen. Zuerst schleuderten sie mich hin und her. Dann warfen sie mich gegen den Militärlaster. Sobald ich auf den Boden stürzte, traten mich Dutzende von schweren Feldstiefeln. Mein Gott, wie viele Leute auf der Welt wohl solche Feldstiefel trugen! Während sie mich wie ein Stück Lumpen ins Fahrzeug warfen, konnte ich nur schwer atmen. Und beim Atmen empfand ich solche Schmerzen, als hätte man mich mit einem Dolch erstochen. Eine Zeitlang war ich alleine im Laster. Als meine Schmerzen etwas nachließen, stiegen die nächsten einzeln ein. Ich richtete mich auf und setzte mich auf die Bank. Die Schmerzen fühlte ich nicht mehr so stark. Nur an einer meiner Rippen auf der rechten Seite tat es weh, während ich atmete. Vielleicht war die Rippe gebrochen. Ich fragte mich, ob sie Nadire auch wie mich behandelt hätten? Wenn es so war, hat die arme Frau wohl recht solche Angst zu haben. Nun habe ich es aber genauso mit der Angst zu tun.

„Schon bevor die Sonne aufging, hielt ein riesiger Laster vor unserer Tür an. Da unsere ägyptischen Bediensteten bereits gekündigt hatten, waren nur die alte Köchin und ich zu Hause. Die Köchin weckte mich auf und sagte, dass sie unser Haus umzingelt hätten. Kaum war ich aufgewacht, hörte ich eine Stimme aus dem Dunkeln rufen:

„Wenn ihr die Tür nicht öffnet, brechen wir sie auf!"

Während unsere alte Köchin schimpfend zur Tür ging, zog ich mich an. Ich war gerade aus meinem Schlafzimmer herausgekommen und ins Wohnzimmer eingetreten, da kamen eine Menge Soldaten herein. Verwirrt blieb ich stehen. Der erste, der hereinkam, musterte mich. Er sagte, ich sei schön. Ich wusste nicht, wie ich reagieren sollte. Er kam näher zu mir, zeigte mit seinem Finger auf mich und sagte:

„Du..." Dann drehte er sich um und sagte zu den Soldaten: „Alles durchsuchen!"

Er näherte sich mir noch weiter und grinste dabei anzüglich. Zwei Schritte ging er zurück, dann legte er plötzlich den Gewehrkolben an meine Schulter und schubste mich nach hinten. Während ich rückwärtsging, versuchte ich in sein Gesicht zu sehen. Er grinste dauernd. Sobald ich mich mit dem Rücken an die Wand lehnte, kam er hastig auf mich zu, packte meinen Kragen, zog mich nach vorne und warf mich zu Boden. Ich fiel mit dem Rücken auf die bunten Stickereien des Teppichs, der den Boden unseres Wohnzimmers bedeckte. Mein Kopf streifte die Kante des abgenutzten Couchtisches. Mit seinen Schuhen trat er zwischen meine Beine. Er drückte mit dem Kolben seines Gewehrs auf meine Brust.

„Du machst dich über mich lustig, bäh!", sagte er. Es hörte sich wie ein Selbstgespräch an. Da ich unwillkürlich gelächelt hatte, meinte er, ich hätte ihn ausgelacht. Ich sagte mit einer hastigen Stimme, ich hätte mich über ihn nicht lustig gemacht. Er glaubte mir nicht. Um sein Misstrauen zu demonstrieren, trat er mir mit der harten Spitze seines Stiefels zweimal nacheinander zwischen die Beine.

„Du machst dich also lustig über mich", wiederholte er.

Ein Schmerz schoss blitzartig von meinem Unterleib in meinen Bauch. Er weitete sich dann über meine Leisten aus. Schmerzerfüllt versuchte ich ihn anzuschauen, da hörte ich seine knurrende Stimme:

„Bis jetzt habt ihr euch immer lustig gemacht!"

Die Soldaten, überall im Haus verstreut, kamen zu uns gerannt, als hätten sie auf seinen Schrei gewartet. Und sobald sie kamen, begannen sie mich mit ihren Feldstiefeln zu treten. Mein Gott, wie viele Leute auf der Welt wohl solche Feldstiefel trugen!

Das Militärfahrzeug, das uns transportierte, hielt nach langem Ruckeln brummend an. Der Soldat, der vor sich hin summte, während er immer nach draußen schaute und sich nicht um uns kümmerte, sprang zu Boden. Der andere, der mit einem Auge hinausblickte und mit dem anderen uns kontrollierte, stand langsam auf und richtete sein Gewehr auf uns.

„Steigt in einer Reihe aus!", befahl er mit hartem Ton.

Seine Stimme hatte einen leisen Klang, der nicht zum Befehlen neigte. Dass dieser Ton nicht hart genug war, muss er selbst bemerkt haben, da er betrübt darüber mit einer Stimme sprach, die eigentlich nicht seine war:

„Bewegt euch gefälligst, in einer Reihe und schnell!"

Inzwischen hatten die unbewaffneten Soldaten die schwere Zeltklappe, die den hinteren Teil bedeckte, auf das Fahrzeug geworfen und den Ausgang freigemacht. Der großgewachsene Leutnant stand vor den anderen Soldaten, die Hände in den Taschen seines Parkas. Keiner von uns wollte aussteigen, weil wir alle das Gefühl hatten, dass wir dann an das andere Ende der Welt gehen müssten. Der Leutnant bemerkte es und gab den Soldaten einen Befehl mit einer Kopfbewegung. Die Soldaten folgten dem Befehl sofort, hielten uns an den Armen fest und zogen uns herunter.

Der Soldat, der sein Gewehr auf uns richtete, rief fortwährend:
„Bewegt euch doch, seid schneller!"
Bis auf Nadire zogen sie uns alle einzeln raus. Als sie dann auch endlich an die Reihe kam, traten die Soldaten zurück und warteten, dass sie von selbst ausstieg. Nadire versuchte es ein paar Mal, schaffte es aber nicht. Ob sie sich dafür schämte oder aus Angst, war nicht klar, jedenfalls begann sie laut zu weinen. Den Atem anhaltend warteten wir auf sie.
„Frau, komm doch, alle warten auf dich!", rief der Leutnant.
Ob die Stimme des Leutnants ihr die Kraft verlieh oder sie es sich aus Rücksicht auf uns tat, war nicht klar, aber mit einer schlichten Bewegung wischte sie ihre Tränen ab, ging dann in die Hocke und rutschte hinunter. Nachdem sie ihren hochgerutschten Rock nach unten zog, kam sie auf mich zu.
„Mustafa Bey, sie werden uns hängen!", sagte sie wieder.
Der Leutnant, der sie aus dem Augenwinkel beobachtet hatte, kam uns näher. Mit einem Grinsen musterte er uns. Nachdem er sich zunächst seine Unterlippe, dann über die Oberlippe geleckt hatte, starrte er mich an und sagte: „Schon auf den ersten Blick war mir klar, dass du der Chef bist."
Dann wandte er sich an die Soldaten.

„Bringt die Männer in eine und die Frauen in eine andere Zelle. Und den da in eine Einzelzelle!", befahl er und ging zügig davon.

Den Gesprächen der Soldaten war zu entnehmen, dass sie zu den oberen Nil-Stämmen gehörten. In früheren Zeiten wurden die Pharaonen von unseren somalischen Soldaten beschützt. Jetzt schien alles auf den Kopf gestellt zu sein. Mein Vater, der Gouverneur von Hudur, war verhaftet worden und meiner Mutter, der elegantesten Frau der Stadt, wurden die Haare rasiert, da man sie für verrückt hielt. Das Schlimmste war, dass wir sie nur auf Fotos sehen konnten, die ab und zu in den Zeitungen erschienen, und konnten überhaupt nicht herausfinden, wo sie sich wirklich aufhielten. Wie es dazu kam, weiß ich nicht mehr, auf einmal griff ich nach dem Fuß, der zwischen meine Beine getreten war, beugte mich und biss in das Bein. Darauf packten sie mich an meinem von Natur aus dünnem Haar, und zogen mich hoch. Ich leckte das Blut ab, das aus meiner geplatzten Lippe floss und spuckte es auf unseren großen Kilim, den ich wie meinen Augapfel hütete, auf dem ich nicht mal laufen wollte. Die Soldaten sahen die blutige Spucke und hörten auf mich zu schlagen. Und der Kommandant, dem ich ins Bein gebissen hatte, legte den Kolben seines Gewehrs an meine Schulter und schubste mich zurück. Danach wandte er sich an die Soldaten:

„Wir nehmen sie auch mit. Ihr könnt alles mitnehmen, was verdächtig aussieht", sagte er.

Die Soldaten nutzten die Gelegenheit, die sich ihnen bot, und nahmen alles mit, was ihnen ins Auge fiel, außer unserem alten Koch. Als wir das Haus verließen, stellte ich mich vor den Soldaten, dem ich ins Bein gebissen hatte, und fragte:

„Wohin bringt ihr mich?"

Der Soldat, an dessen Uniform nicht zu erkennen war, welchen Rang er hatte, aber der sich als Kommandant der Gruppe ausgab, schob seine schwarze Baskenmütze nach hinten und sah sich die Lampe über unserer Tür an. Durch sein halbes Lächeln zeigte er seine weißen Zähne.

„Zu deinem Vater!", sagte er. Seine Stimme, die aus seiner Kehle drang, klang wie ein Knurren.

Die letzte Geschichte

Die meisten Geschichten, die mein Vater erzählte, waren einander ähnlich, aber die letzte war eine ganz besondere. Eigentlich würde ich sie nicht als Geschichte bezeichnen, denn sie gleicht eher einem Baum, der sich verzweigt. Gerne möchte ich sie Ihnen erzählen, bloß weiß ich nicht, wo ich anfangen soll. Am liebsten würde ich mit der Geschichte „Empfang mit der Musikkapelle" beginnen, aber selbst wenn man auch nur „Empfang mit der Musikkapelle" erwähnte, war mein Vater maßlos gereizt. Er war immer schon ein eigenartiger Mann, keiner konnte vorher einschätzen, wann und wie er sich verhalten würde. Seine letzte Geschichte passt auch zu ihm. Lassen Sie uns unsere erste Geschichte am besten mit seiner „Letzten Geschichte" beginnen.

Wie am heutigen Tag auch, verschwand der Himmel in grauen Wolken. Gerade aus dem Flugzeug ausgestiegen, klapperten unsere Zähne vor Kälte. Meine Mutter sah, wie kalt uns war und sagte mit einer Stimme, die nach einer langwährenden Sehnsucht klang:

„Kein Wetter für uns, aber wir werden uns schon dran gewöhnen."

Nachdenkend über die Frage, wie man sich an diese Kälte gewöhnen könne, die einem in den Leib strömte, folgte ich meiner Mutter. Mein Schulenglisch erwies sich zum ersten Mal als nützlich und wir schafften es problemlos durch die Passkontrolle bis zum Eingang. Dabei halfen wir sogar einer Frau, die schon Jahre vor uns hierhergekommen war. Beim Zoll wurden unsere Koffer genau unter die Lupe genommen. Meine Mutter, die sah, dass mich das etwas störte, sagte:

„Mach dir nichts daraus, mein Sohn, schließlich haben sie uns ja nicht angefleht, hierher zu kommen, wir wollten das nur!"

Mutters witzige Bemerkungen mochte ich sehr. Lächelnd guckte ich sie an. Sie packte unsere Sachen wieder ein, die die Zollbeamten durcheinandergebracht hatten. Als ich ihr zusah, sagte sie:

„Steh doch nicht so dumm 'rum, hilf mir doch, wir räumen die Sachen schnell wieder an ihren Platz, sonst werden wir nicht fertig. Dein Vater wird sich sicher langweilen, wenn er so lange auf uns wartet. Und wenn er dann aus Langeweile wieder geht, hängen wir hier herum." Sie lachte. Ihr Lachen war vielsagend. Wir packten unsere Sachen schnell ein, gingen durch eine große zweiflügelige Tür, die sich von selbst öffnete, und traten dann in eine große Halle ein. In der Halle, die einem riesigen Gespenst ähnelte, mischten sich laute Geräusche der Wartenden miteinander. Der Lärm stieg bis an die Decke, wo er sich dann in ein Summen verwandelte. Mit seiner großen Statur stand mein Vater in einer Ecke und wartete auf uns. Er rührte sich nicht, bis wir mit unserem schweren Gepäck zu ihm gingen. An seinem Gesicht war eine seltsame Stille erkennbar. Nachdem er, angeregt von Menschen um uns herum, mir und meiner Schwester einen Kuss auf die Wange gab und meine Mutter auf die Stirn küsste, raffte er sich zusammen und nahm seine kühle und reglose Haltung wieder ein. Anstatt uns beim Tragen unserer Sachen zu helfen, sagte er:„Geht weiter!" Er ging hastig voraus, hielt vor einem Automaten an und warf das Parkgeld hinein. Dann ging er weiter. Er vorne, wir ihm hinterher, kamen wir endlich da an, wo er seinen Wagen geparkt hatte. Als wir ins Auto einstiegen, hatte ich den Eindruck, Vaters Wut hätte immer noch nicht nachgelassen. Unterwegs wartete ich auch vergebens darauf, dass er sich nach Leuten aus der Heimat erkundigte, die ihm nahestanden, er brach aber sein Schweigen nicht, bis wir zuhause ankamen. Mein Vater war also immer noch sauer auf uns. Jedenfalls war es auch nicht ohne Grund. Als er letztes Jahr in Urlaub kam, machten wir ihm nur Vorwürfe und bombardierten ihn von drei Seiten mit unseren Fragen: „Warum lässt du uns nicht nach Holland kommen? Viele haben ihre Familien schon nachgeholt, selbst diejenigen, die zehn Jahre später als du hingegangen waren. Wieso müssen wir denn hier ein Leben in Not führen?" Mein Vater, der diese Reaktion von uns nicht erwartet hatte, war sehr überrascht und zugleich wütend. Obwohl wir seine Wut bemerkten, beharrten wir auf unserer Meinung, bis er uns versprach, uns nach Holland zu holen. Damals war Güniz, meine Schwester, erst dreizehn Jahre alt und ich war gerade siebzehn geworden. Ich bildete mir ein, ich könnte Bäume ausreißen. In diesem Jahr hatte ich meine Schule abgeschlossen und mir in den Kopf gesetzt, wie andere Jugendliche um mich auch, nach Europa zu gehen. Deshalb ließ ich mich von der Wut meines Vaters nicht beeindrucken und blieb bei meiner Entscheidung. Meine Mutter und meine Schwester konnte ich auch von meiner Idee überzeugen. Mein Vater ärgerte sich sehr, schäumte sogar vor Wut, trotzdem gaben wir unseren Wunsch nicht auf. Zum Schluss sagte meine Mutter mit weinerlicher Stimme:

„Du lebst ja in Europa so, wie es dir gefällt, und amüsierst dich mit deiner Freundin. Woher willst du denn wissen, was wir hier durchmachen?" Als sie dann zu heulen begann, sprach mein Vater mit einer Stimme, die immer ruhiger wurde:

„Ich wünschte mir auch sehr, mit euch zusammen zu sein und euch bei mir zu sehen, wenn ich morgens aufwache. So gerne hätte ich jemanden um mich, der mir ein Glas Wasser reicht, wenn ich krank werde, mich beim Schlafen zudeckt oder dessen Atem ich im leeren Haus spüre. Aber die Umstände sind nicht so, wir ihr euch vorstellt. Wenn ihr bei mir lebt, wird mein Einkommen nicht mehr ausreichen. Ich kann nur sparen, wenn ich dort verdiene und das Geld hierherschicke. Glaubt mir, ihr seid hier bestens versorgt. Bringt mich bitte nicht in Schwierigkeiten."

Als er so sprach und dann wieder schwieg, war meine Mutter nicht weicher geworden, im Gegenteil, sie sprach sogar etwas härter:

„Wir sind bereit so zu leben, wie du lebst, aber wenn du nun das alles hier ausdenkst, weil du glaubst, du hättest dann nicht mehr deine Ruhe oder müsstest dich von deiner Freundin trennen..." Sie konnte nicht weiterreden. Sie schaute uns mit hilfesuchenden Blicken an. Als sie sah, dass wir schmollend zu Boden starrten, fuhr sie mit cholerischer Stimme fort, die ihre weiblichen Gefühle betonte: „Es scheint dir völlig egal zu sein, dass ich hier die Einsamkeit der Betten teile, während du dort dein verdientes Geld für deine Freundin ausgibst, mit der du deinen Spaß hast." Sie bedeckte ihr Gesicht mit ihren Händen und begann wieder zu heulen.

Sobald mein Vater seine Filterzigarette ausdrückte, zündete er eine neue an. Nach einer Pause schaute er uns wieder ins Gesicht und erzählte: „Einen guten Freund zu finden ist eine Glückssache in diesen Ländern. Und ich hatte Glück. Ich habe einen guten Menschen kennengelernt. Wir verstehen uns gut, aber nicht so, wie du glaubst. Wir sind nur zwei Freunde. So wie ich, arbeitet sie auch und unterstützt ihre Kinder. Außer ihrer Beziehung mit mir hat sie also ein anderes Leben. Solche Freundschaften hält man dort für selbstverständlich. Keiner will vom anderen Besitz ergreifen oder ihn ausnutzen. Gibt es denn etwas Natürlicheres, als dass man mit dem anderen Geschlecht eine Freundschaft schließt? Ich halte es eher für falsch, dass Männer nur mit Männern, Frauen nur mit Frauen befreundet sind."

Dann hielt er inne. Wie er mir beim Reden in die Augen schaute, schaute ich ihm auch zu, ohne zu blinzeln. Selbst ich hatte meiner Mutter nicht verraten, dass ich eine Freundin hatte. Nun gab mein Vater offen zu, er hätte sich dort mit einer Frau angefreundet. Ob mein Vater mir voraus war oder ob die Orte dort tatsächlich ganz anders waren? Eine Weile fiel es mir schwer, meine Gedanken zu ordnen. Dass er so frei redete, verstärkte meinen Wunsch hinzugehen. Ich wollte ihn nicht aufgeben.

„Wenn du uns dorthin kommen lässt, mache ich mit der Schule weiter. Solltest du es aber nicht, werde ich hier nicht studieren, ich mach eine Lehre und verdiene dann meinen Unterhalt; ich werde nicht mehr auf das Taschengeld warten, das du mir jeden Monat schickst", sagte ich entschlossen.

Als mein Vater hörte, was ich sagte, stand er hastig auf. Wie ein verwundeter Bär begann er im Zimmer auf und ab zu laufen. Dann setzte er sich in den Sessel, um genauer zu sein, ließ er sich wie einen Sack in den Sessel fallen. Mit den Händen bedeckte er sein Gesicht und weinte eine Weile.

Während er weinte, fragte ich mich, ob das denn so schwer sei, uns dorthin kommen zu lassen? Als ich mich entschied mich zu ihm zu gehen und diese Frage an ihn zu richten, hörte mein Vater plötzlich auf zu heulen und sagte zu mir:

„Bitte zerstört doch nicht all meine Träume! Diese Trennung erlebe ich nur euretwegen, damit ihr auf die Schule geht und lernt. Aber wie ich sehe, scheint es dir viel wichtiger zu sein, dass du von hier gehst." Seine Nasenspitze wurde rot, aus seinen Augen flossen noch ein paar Tränen. Mit etwas lauterer Stimme fuhr er dann fort: „Ich möchte nicht, dass du so wie ich Arbeiter wirst und ein Leben lang hart arbeitest. Aber wie ich sehe, bist du fest entschlossen, von hier wegzugehen und so wie ich zu werden. Dass man dort studieren will, lässt sich leicht sagen, aber in der Tat ist es gar nicht so leicht. Viele Kollegen haben ihre Kinder nachgeholt, damit sie eine Schule besuchen oder studieren. Aber bereits am ersten Tag haben sie es aufgegeben. Auch für Einheimische ist es gar nicht so leicht zu studieren. Nicht jeder bekommt einen Studienplatz, die Chancen liegen bei eins zu tausend." Auf ihre Unterstützung hoffend, wandte er sich nun an meine Schwester: „Töchterchen, jeder spricht sich hier aus und wird sein Gift los, was meinst du denn? Oder willst du auch gehen? Wie ich deinem Zeugnis entnehme, bist du gut in der Schule. Aber wenn du nach Holland kommst, könnte es sein, dass deine Noten nicht so gut sind wie hier. Als erstes musst du ohnehin die Sprache lernen. Nur wenn du sie beherrschst, kommst du weiter. Aber glaubt es mir Kinder, nichts von dem, was ich euch erzähle, wird euch leichtfallen."

Meine Schwester war die jüngste von uns, aber an jenem Abend benahm sie sich viel erwachsener als wir:

„Ich möchte niemanden von euch verletzen. Wo ihr lebt, kann auch ich nur leben. Was die Schule betrifft, hast du vielleicht Recht Vater, aber ich möchte dich auch nicht mehr vermissen. Mach dir bitte keine Sorgen, dort werde ich genauso gut lernen wie hier", sagte sie.

Ich sah den Blick meines Vaters leicht glänzen,

während er meiner Schwester aufmerksam zuhörte. Ich wusste nicht, ob die letzten Worte meiner Schwester ihn umstimmten oder ob er nachgab, weil er begriffen hatte, dass wir alle fest entschlossen waren. Hastig sagte er: „Alles klar, wenn ihr es so sehr wollt, lasse ich euch nachkommen. Aber es geht nicht von heute auf morgen, es dauert eine Weile. Zuerst muss ich eine Wohnung finden. Bis jetzt habe ich in einem Zimmer gelebt, so schlecht kann ich euch nicht wohnen lassen. Lasst während der Ferien eure Pässe ausstellen, und wenn ich dort bin, werde ich nach einer Wohnung suchen und einen Antrag stellen. Dann werdet ihr wie ich auch Ausländer sein."

Meine Mutter sprach mit der traurigen Stimme eines Kommandanten, der zwar den Krieg gewann, aber um seine gefallenen Soldaten trauerte: „Sind wir denn hier nicht auch wie Fremde? Im Dorf war es so schön, wir kümmerten uns um unseren Weinbau und Garten. Wir hatten Bekannte um uns herum. Seit du uns in die Stadt gebracht hast, sind wir einsam. Wir kennen nur den Lebensmittelhändler und der kennt uns. Und wenn wir ins Dorf gehen, können wir nicht mehr schlafen, denn nichts ist mehr so, wie wir es verlassen haben..."

In seiner Not, nichts mehr sagen zu können, zündete sich mein Vater noch eine Zigarette an.

Bis er sie zu Ende geraucht hatte, sagte er nichts mehr. Während er seine Zigarette im Aschenbecher ausdrückte, wandte er sich an meine Mutter und sagte:

„Wenn ihr einmal dort seid und dann zurückkommt, werdet ihr zutiefst spüren, wie schmerzhaft es ist, dass man nirgendwo mehr reinpassen kann. Ihr werdet sehen, dass sogar eure nächsten Verwandten sich von euch abwenden, die wärmste Liebe immer kühler wird und diese Kälte wird euch dann in den Leib strömen. Ich friere ja seit Jahren."

Er seufzte mehrmals und lange. Es schien, als hätte er alles ausgesprochen, was seinen Kopf beschäftigte. „Tagelang war ich unterwegs. Die Reise war anstrengend für mich. Und jetzt, wo ich so müde bin, stürzt ihr noch auf mich. Das hättet ihr auch morgen besprechen können", sagte er anschließend. Nachdem er jeden von uns einzeln musterte, fügte er hinzu: „Es ist sehr spät geworden. Wenn mein Bett fertig ist, will ich schlafen gehen."

Darauf sagte meine Mutter mit einem Lächeln, das wie die Blitze aussah, die den vorbeiziehenden Sturm zu mildern versuchten:

„In diesem Haus ist dein Bett immer bereit!"

Mein Vater schaute meine Mutter so an, als hätte er sie zum ersten Mal gesehen. Als er dann zu Bett ging, legte sich ein bitteres Lächeln auf unse-

Die letzte Geschichte

re Lippen. Unseren wilden Gedanken folgend, besprachen wir dann gemeinsam all unsere Träume, damit die Nacht nicht endete.

Fünf Monate nach der Rückkehr meines Vaters erhielten wir einen Einladungsbrief. Der Tag, an dem er uns am Flughafen empfing, müsste der ruhigste Tag gewesen sein, den mein Vater je erlebt hatte. Als ob seine kalten Küsse am Flughafen nicht hart genug gewesen wären, redete er mit uns kein Wort, bis wir in unserem neuen Zuhause ankamen. Auch dann hat er nicht viel gesprochen, er zeigte uns nur, wo die nötigsten Dinge waren. Nach dem Abendessen sagte er: „Morgen gehe ich früh zur Arbeit. Gute Nacht an alle!", und ging ins Schlafzimmer.

Sobald er sich zur Ruhe begab, stieg in uns die etwas getrübte Freude auf und wir begannen von einem Zimmer ins andere zu rennen, um unser neues Zuhause kennenzulernen. Es schien, als würden wir uns, meine Mutter, meine Schwester und ich in einem Traum bewegen. Um die kühle Haltung meines Vaters kümmerten wir uns nicht besonders, da wir meinten, dass wir ihn mit jener Freundschaft, die wir durch die Jahre gepflegt hatten, für uns gewinnen würden. Wir schauten uns die Sachen an, die unser Vater neu gekauft hatte, und lächelten. Unser Fernseher funktionierte mit einer Fernbedienung. Wir hatten sogar eine Musikanlage. Und in der Küche meiner Mutter fehlte nichts.

Am nächsten Tag kam mein Vater, der schon zur Arbeit gegangen war, bevor wir aufgewacht waren, gegen Abend nach Hause. Während er die Wohnung betrat, trug er noch seine Arbeitsbekleidung. Knie- und Ellbogenschützer, riesige, schlammige Schuhe, eine schmutzige Hose und einen dicken, schäbigen Pullover. Er sah aus wie die Astronauten, die mit mühsam gesammelten Gesteinsbrocken vom Mond auf die Erde zurückgekehrt waren. Wir alle dachten, er würde zuerst ins Bad gehen, sich umziehen und dann ins Wohnzimmer kommen, aber er kam direkt ins Wohnzimmer, ohne auch nur seine dreckigen Schuhe auszuziehen. Sein Gesicht war nicht mehr ausdruckslos, es verriet allerdings eine mit Wut gemischte Freude, die sich auf seinem Gesicht wellenförmig ausbreitete. Mit einer zu seinem Gesichtsausdruck passenden Stimme forderte er uns auf:

„Setzt euch mal alle auf das Sofa!"

Als wir uns alle nebeneinander auf das Sofa hingesetzt hatten, das ihm gegenüberstand, sprach er, während er seine schmutzige Mütze in der Hand drehte.

„Schaut mich jetzt gut an! Denn so werdet ihr mich nie wiedersehen! Ich bin weder der Mensch, der sich Mühe gibt, um den Bekannten fröhlich zu erscheinen, wenn er in Urlaub kommt, noch bin ich derjenige, der euch gestern vom Flughafen abholte und kaum sprach, bis wir nach Hause kamen. Ich bin der Mensch, den ihr in diesen Klamotten seht. Ein Teil von mir ist Gastarbeiter, der andere Ausländer. Ich weiß nicht, ob ein Arbeiter auch Gast sein kann, aber man nennt uns einfach so. Wie auch immer, was sie auch sagen, ich bin ich. Ich hatte gerade das Kindesalter hinter mich gebracht, als ich heiratete. Ich bin nicht unglücklich in meiner Ehe, aber sie schuldet mir die Jugend, die sie mir geraubt hat, denke ich. Wenn ich weiterhin im Dorf leben würde, wäre ich kaum auf diese Gedanken gekommen, aber ich lebe jetzt hier und meine neuen Erfahrungen lassen mich immerzu nachdenken. Ab jetzt werde ich sicher nicht das Versäumte nachzuholen versuchen, auch will ich mich nicht in euer Leben einmischen. Jeder soll seinen Weg allein finden. Wie ich die Verantwortung für euch und für mich selbst gleichzeitig trage, solltet ihr, jeder für sich und zugleich für alle, verantwortlich sein. Wenn ihr auf die Straße geht, werdet ihr dort das Gute wie das Böse erfahren. Die Entscheidung überlasse ich euch. Vielleicht werdet ihr Holland nie so erleben, wie ihr euch vorgestellt habt. Denn aus der Ferne kann man die grauen Wolken, die über das Land ziehen, nicht erkennen. Mit dem wenigen Geld, das ich monatlich verdiene, werden wir vielleicht nicht in Elend leben, aber wir können uns auch nicht alles leisten, was wir gerne hätten. Jede Lebensweise hat ihre eigenen Nachteile. Wenn ihr euch für das Leben hier entschieden habt, müsst ihr auch die hiesigen Schwierigkeiten ertragen. Und noch etwas, denkt ein bis zwei Jahre nicht daran in Urlaub zu fahren, versucht euch hier anzupassen. Dabei sollten wir auf jeden Fall darauf achten, dass wir den Respekt voreinander nicht verlieren." Sobald er seinen Satz zu Ende sprach, ging er an den Tisch, auf dem ein paar Schecks lagen, er nahm sie und zeigte sie uns einzeln.

„Das sind die Regeln dieses Landes. Bevor du Gas und Strom verbrauchst, musst du sie bezahlen, die Mietzahlung darfst du nicht mal für einen Tag verschieben. Wenn du sie nicht bezahlst und einmal erwischt wirst, bist du erledigt. Alles verdoppelt sich. Es ist nicht so wie bei uns in der Kleinstadt. Du kannst nicht sagen, ich finde jemanden, der mein Problem löst.

"Durch diese Schecks und die Steuern haben sich die Menschen hier abgesichert. Auch wir müssen uns an diese Regeln halten."

Als er merkte, dass meine Schwester seine Kleidung prüfend ansah, streckte er seine Hand aus, als wollte er sie zu sich rufen, aber dann verzichtete er darauf und zog seine Hand zurück. Den Blick zu Boden gewandt, redete er weiter:

„Meine Arbeit im Garten ist sehr anstrengend. Als ich mit dem Job neu angefangen hatte, waren die meisten Mitarbeiter Holländer. Allerdings wurden es von Tag zu Tag weniger, als immer mehr von uns zu arbeiten begannen. Zurzeit arbeitet kein Holländer bei uns in dem Garten, wo ich gerade beschäftigt bin, außer dem Besitzer des Gartens und seiner Frau. Einheimische haben nämlich Schulabschlüsse und können einen Job finden, wann immer sie wollen. Und das ist alles, was wir tun können. Wir müssen halt arbeiten."
Dann guckte er meine Mutter und mich an und sagte:
„Für euch kann ich nicht sprechen. Aber morgen gehe ich mit meiner Tochter in die Schule, um sie anzumelden, dafür habe ich den Tag frei genommen, ich will, dass sie weiterlernt."
Eine Weile schwieg er, das nutzte ich aus und sagte zu ihm:
„Ich will auch weiterlernen!"
In dem Moment, wo sein Schweigen endete, leuchteten seine Augen auf.
„Es ist hier aber nicht so leicht zu studieren!"
Ich ließ mich nicht entmutigen und blieb entschieden.
„Selbst diejenigen, die hier groß geworden sind, brechen das Studium ab, aber wenn du das wirklich willst, werde ich dich unterstützen. Ich weiß nur nicht, wo ich mich darüber beraten lassen

kann, aber es ist auch egal, wir werden es schon herausfinden.", fuhr er dann fort.

Ob mein fester Wunsch zu studieren der Auslöser war, oder weil er sich aussprechen konnte, wusste ich nicht genau, aber er sah ziemlich erleichtert aus. Und wo er so erleichtert war, wurde er ein ganz anderer Vater. Erst zog er seine dreckigen Klamotten aus, rang mit mir und kitzelte meine Schwester. Vor unseren Augen umarmte er meine Mutter an der Taille und ging ins Badezimmer. Pfeifend nahm er sein Bad.

Am nächsten Tag meldeten wir meine Schwester im letzten Jahr einer Grundschule an. Ihrem Alter entsprechend, wurde sie in die höhere Klasse eingeschrieben. Dort fragte mein Vater, ob es auch für mich eine Schule gebe. Sie gaben uns eine andere Adresse. Wir kehrten nicht nach Hause zurück, sondern wir gingen gleich dorthin. Sie boten einen Sprachkurs an, für den ich mich anmeldete. Als sie mich in den Kurs aufnahmen, freute sich mein Vater sehr. Am Ende des Schuljahres, als wir beide in die nächste Stufe aufstiegen, freute er sich allerdings wie ein Zaunkönig.

In jenem Jahr fiel es mir sehr schwer, nicht in Urlaub fahren zu können. Ich hätte mir eigentlich sehr gewünscht, meinen Freunden alles zu erzählen, was ich hierzulande erlebte.

Mein Vater hatte häufig Überstunden gemacht, seit wir zur Schule gingen. Meine Mutter, die sah, wie sehr er sich anstrengte, machte sich Sorgen und sagte oft beim Abendessen, sie wolle auch arbeiten. Aber mein Vater ließ sich nicht überreden und wandte ein:

„Ich will nicht, dass die Leute sagen, der Sohn von Göcük Ismail hat seine Ehefrau ins Ausland gebracht, um sie dort arbeiten zu lassen." Er konnte allerdings die Situation nur drei Jahre durchstehen. Als die Ausgaben für die Schule anstiegen, begann meine Mutter erneut zu drängeln. Eines Abends, als wir wieder am Tisch saßen, sagte sie:

„So geht es nicht weiter, du, der Sohn von Göcük Ismail! Sicher ist dir auch schon aufgefallen, dass du das Haushaltsgeld nicht mehr alleine beschaffen kannst, ab jetzt muss ich auch arbeiten gehen."

Mein Vater widersprach ihr wie immer. Darauf war jedoch meine Mutter vorbereitet. Ausgerüstet mit allen Mitteln und der Haltung der Aphrodite, warf sie meinem Vater in einem strengen Ton vor: „Du, der Sohn von Göcük Ismail, hast also kein Vertrauen zu mir, obwohl wir seit Jahren verheiratet sind." Dann winkte sie zuerst mit einer Hand und fragte ihn, ob er ein Geräusch gehört hätte. Ohne auf eine Antwort zu warten, klatschte sie mit beiden Händen. „Hast du jetzt das Geräusch gehört? Zwei Hände ergeben eine Stimme. Man hat ja nicht umsonst gesagt, dass eine Hand

die andere wäscht. Würden wir nicht besser leben, wenn ich auch arbeiten ginge?"
Sorgenvoll rutschte mein Vater ein paar Mal auf seinem Stuhl hin und her, weil ihm keine Worte mehr einfielen. Als meine Mutter weiterhin auf ihrem Willen beharrte, sagte er:
„Wahrscheinlich muss man alles hinnehmen, was die Leute hinterher reden, solange die Kinder die Schule besuchen. Wenn du so es sehr willst, geh von mir aus arbeiten."
Ein Freund meines Vaters arbeitete in der Fischerei. Zwei Tage nach diesem Gespräch bekam meine Mutter dort einen Job. Und ich hatte das Gefühl, es hätte unserem Haus viel Segen gebracht, dass sie zu arbeiten begann. Wir fuhren nun jedes Jahr in die Heimat. Den Tag, wo ich mit dem Studium anfing, kann ich nie vergessen. Mein Vater freute sich so sehr, dass er nicht mehr wusste, was er mit seinem Glück anfangen sollte.
„Komm mein Sohn, lass uns zur Feier des Tages ins Kino gehen!", hatte er gesagt. Ich war überrascht. Ab und zu ging ich ins Kino, wenn ich Zeit hatte, aber ich hätte nie gedacht, dass ich einmal mit meinem Vater hingehen würde. Allerdings gab es keine bessere Gelegenheit, seine Freude zu teilen. Wie zwei Kumpel gingen wir ins Kino. Als wir dann herauskamen, begann er über den Film zu sprechen. Ich wunderte mich sehr darüber, wie viele Details er sich gemerkt

hatte, auf die ich gar nicht geachtet hatte, während ich mir den Film ansah. Am Ende beschwerte er sich jedoch:
„Würden diese Untertitel nicht so schnell verschwinden, könnte ich alle Gespräche mitbekommen."

An diesem Tag konnte ich nicht verstehen, dass mich mein Vater mit diesem Kinobesuch belohnen wollte, erst später begriff ich, dass es die größte Belohnung war, die mein Vater mir hätte geben können. Die einzige Unterhaltung, die er nämlich kannte, war ins Kino zu gehen. Von da an gingen wir öfter mal ins Kino. Wir spielten auch Billard. Er war auch sehr an Sport interessiert. Eine Zeitlang hatte er sogar in der Ortsmannschaft Fußball gespielt. Später trainierte er die Jugendmannschaften.

Am letzten Tag ging meine Mutter ins Wohnzimmer und sah Vater auf dem Sofa liegen. Er hatte ein weißes Laken über sich gezogen. Sie rannte schreiend zu ihm. Aufgeregt zog sie dann das Laken von seinem Gesicht weg.

Da rief mein Vater „Buh" und erschreckte sie.

Nachdem meine Mutter sah, dass sie sich keine Sorgen zu machen brauchte, ging sie in die Küche. Nach einer Weile kam sie wieder ins Wohnzimmer. Mein Vater rief meine Mutter zu sich, nahm ihre Hände in seine und sprach:

„Schau mal her Frau, jahrelang haben wir

Rücken an Rücken gelebt. Unsere Kinder verdienen schon ihr eigenes Brot. Jetzt, wo jeder auf eigenen Beinen stehen kann, ist mir auch alles egal, selbst der Tod. Am Anfang hatte ich mir vorgenommen, Cent auf Cent zu sparen, um eine weitere Etage auf unserem Haus in der Türkei zu bauen. Nun habe ich keine Lust auf irgendetwas. Wer will denn dorthin gehen und da wohnen, wo wir bauen? Vielleicht du, um deine Einsamkeit zu lindern. Sollte ich jemals in die Heimat zurückkehren, dann in einem Sarg, im Frachtraum eines Flugzeugs, wie viele meiner Freunde, die vor dreißig Jahren mit mir hierherkamen."

Während meine Mutter ihn seltsam musterte, drehte sich mein Vater, immer noch auf dem Sofa liegend, auf die Seite und schwieg eine Weile. Als er sich nachher wieder auf den Rücken legte, fuhr er fort:

„Ein langes Leben ist nur den Holländern gegönnt, denn sie wissen genau, wie man die Zeit und alles in Maßen hält. Eigentlich sollte ich schon dankbar sein, dass ich so lange gelebt habe. Die erste Zeit, als wir vor dreißig Jahren ankamen, war hier nicht viel los. Sie machten große Augen, wenn sie unsere Arbeit sahen. Heute arbeitet jedoch keiner mehr so, wie wir damals arbeiteten, weder von ihnen noch von uns. Neulich traf ich einen jungen Mann, er soll insgesamt 23 Tage zur Arbeit gegangen sein, dann sei er krank geworden. Dann war er so lange arbeitsunfähig. Ich habe genau sechsundzwanzig Jahre gearbeitet! Wenn ich diese Krankheit nicht gekriegt hätte, könnte ich noch weitermachen. Ach, das waren Zeiten! Wo sind jetzt solche Leute zu finden?"

Als er sich so beklagte, sagte meine Mutter unüberlegt:

„Dafür haben sie euch doch mit einer Musikkapelle begrüßt! Heute dagegen werden die ausländischen Mitarbeiter nur mit komischen Blicken angeguckt, als wollten sie wissen, was die hier zu suchen hätten."

Darauf wurde mein Vater so wütend, dass er von seinem Liegeplatz aufsprang und laut schrie:

„Quatsch! Niemand hat uns mit einer Kapelle empfangen. Irgendein Wahnsinniger hat diese Lügengeschichte erfunden, und ihr habt es geglaubt. Eine große Lüge ist es, nichts Wahres ist dran. Wer wird schon die Leute, die das Brot der anderen teilen, mit so viel Aufwand empfangen? Genauso wie heute war es vor dreißig Jahren auch.

Als meine Mutter sah, dass mein Vater vor Wut schäumte, zog sie sich leise zurück. Nach einer Weile beruhigte sich mein Vater und schwieg wieder. Als es im Wohnzimmer ganz still wurde, wurde meine Mutter neugierig und wollte nachsehen. Mein Vater lag wieder auf dem Sofa. Meine Mutter wagte es einige Zeit nicht, sich ihm zu nähern. Dass mein Vater so bewegungslos dalag, kam ihr irgendwie seltsam vor. Schließlich fasste sie Mut und trat näher. Sie nahm das Betttuch vorsichtig von seinem Kopf weg, damit er nicht wach wurde, wenn er schlafen sollte. Da sah sie, dass mein Vater nicht mehr atmete. Als wir endlich benachrichtigt wurden, konnte man nichts mehr tun.

Seit dem Tod meines Vaters sind viele Jahre vergangen. Fast jedes Jahr gehen meine Mutter, meine Schwester und ich zum Friedhof, besuchen sein Grab und pflanzen dort neue Blumen an. Danach kehren wir wieder zurück. Dieses Jahr meinte Güniz, sie könne nicht mit in Urlaub fahren, aber zum Todestag meines Vaters würde sie gerne kommen. So machten wir, Mutter und Sohn, alleine Urlaub. Anschließend wollten wir, wie üblich, auf den Friedhof gehen. Bis zu diesem Tag geschah nichts Außergewöhnliches. Nur konnten wir Güniz nicht erreichen, um uns zu verabreden. Deshalb verschoben wir den Besuch auf eine möglichst spätere Tageszeit, falls sich meine Schwester etwas verspäten sollte. Nachmittags waren wir am Grab meines Vaters. Während wir versuchten, die Blumenzwiebeln in die Erde zu pflanzen, hörten wir eine Stimme, die von hinten kam und uns beide zum Erstarren brachte. Wir drehten uns gleichzeitig um und sahen einen blonden Jungen mit einem traurigen

Lächeln. Er sagte uns beiden „Guten Tag" auf Niederländisch und beugte sich über das Grab. Zunächst wandte meine Mutter ihren Blick auf mich, dann blickte ich zu ihr, zum Schluss schauten wir beide auf den jungen Mann. Er wandte jedoch seinen Blick ab. Zugleich hörte ich Schritte. Aufgeregt drehte ich mich um, erhob mich und bemerkte Güniz.

„Warum seid ihr denn so spät? Wir warten schon seit dem Mittagsgebet hier auf euch", sagte sie selbstsicher.

Meine Mutter fragte hastig, in dem sie mit einer Kopfbewegung auf den Jungen zeigte:

„Wer ist das denn?"

Während Güniz zu Boden schaute, sagte der Junge auf Türkisch:

„Ben!⁷" Dann schwieg er wieder.

Das Gesicht meiner Mutter nahm einen verwirrten Ausdruck an. Sie schaute meine Schwester so an, als wäre sie eine Fremde. Güniz legte die kleine Tasche, die sie in der Hand trug, auf das Grab meines Vaters. Dann wandte sie sich an den jungen Mann und ergriff seine Hand. Anschließend kniete sie nieder und sagte, ohne uns anzuschauen:

„An dem Tag, an dem ich das Bild von Job im Koffer meines Vaters fand, beschloss ich, nach ihm zu suchen. Vater hatte nämlich mit seiner ei-

---
7 Türkisch: Ich

genen Handschrift auf die Rückseite des Fotos „Meine letzte Geschichte" geschrieben. Auch Job soll lange nach uns gesucht haben. Als ich ihm davon erzählte, dass wir das Grab meines Vaters besuchen wollen, sagte er: „Abla[8] lass mich auch zu ihm gehen!"

---

8 Türkisch: Schwester

www.ingramcontent.com/pod-product-compliance
Lightning Source LLC
LaVergne TN
LVHW032005070526
838202LV00058B/6300